當時月有淚

趙雪君劇本集

趙雪君——著

目次

歌仔戲劇本《當時月有淚》　　007

- 第一場　　008
- 第二場　　017
- 第三場　　024
- 第四場　　027
- 第五場　　032
- 第六場　　039
- 第七場　　044
- 第八場　　049
- 第九場　　055
- 《當時月有淚》創作報告　　060

京劇跨界劇本《費特兒》　　091

- 《費特兒》創作報告　　107

京劇劇本《極西之地有個費特兒》　　135

　　第一場　　136

　　第二場　　140

　　第三場　　146

　　第四場　　152

　　第五場　　155

　　《極西之地有個費特兒》創作報告　　158

京劇劇本《日頭初起》　　167

　　第一幕　　168

　　第二幕　　178

　　第三幕　　189

　　第四幕　　197

　　第五幕　　208

京劇劇本《卞玉京》　　217

　　第一場　　218

　　第二場　　221

　　第三場　　227

　　第四場　　230

　　第五場　　232

　　第六場　　237

第七場	241
第八場	244
第九場	249
第十場	256
第十一場	261
第十二場	265

歌仔戲劇本
《當時月有淚》[1]

---
[1] 這個版本是我交給劇團的「定稿本」,與「演出本」小有出入。

第一場

　　（老靜善上，敲著木魚誦經）
　　（老靜善為俗家婦人裝扮，靜善為比丘尼裝扮）

　　（低沈幽咽的音樂聲中，一個又一個的公主、命婦啼泣而上，在她們身後的是殘暴的金兵，向這些曾經的金枝玉葉恣意揮舞著長鞭）

金兵甲　　走啊！什麼帝姬、什麼王妃，都給我快點走。
某帝姬　　（跌倒）啊──
金兵甲　　起來！
某帝姬　　（哭）我實在是走不動了。
金兵乙　　（一把扯起某帝姬）妳不要以為妳是價值一千錠金子的帝姬，就很了不起，妳和所有的人都一樣，都一樣是妳們那個無能的宋王用來抵債的。
金兵甲　　（揮鞭）不要和她囉唆，晚上再來好好教訓她。
　　（某帝姬哭哭啼啼的爬起來，繼續往前走）
　　（柔福帝姬上）

柔　福　　（唱）遙遠的霜天雪地，
　　　　　　　　天不會光的黑暗暝。
　　　　　　　　若聽到什麼人哭出聲，

　　　　　會看見滿地破碎的金釵。
　　　　　若聽到什麼人哭出聲,
　　　　　也會用自己的眼淚相陪。
　　　　　啊、落不煞的雪,
　　　　　落不煞的、是淒迷。

老靜善　大宋靖康元年,金國攻破汴京,皇上只好親身去往金營議和。去往金營之後,皇上被金人扣下,威脅朝廷要支付黃金一百萬錠,白銀五百萬。哪有這麼多錢呢?只好拿帝姬、王妃與官家女子抵債,每一種身份,都有一個價格……都是金枝玉葉,就這樣被送入金營,後來,又被帶往遙遠的北國。

（金兵丙朝柔福帝姬揮鞭）

柔　福　啊。
金兵丙　走啊！

老靜善　這個女子是「柔福帝姬」,是徽宗皇帝二十六個女兒中的一個,在前往北國的路上,她的故事與大家都一樣,她們都是受盡苦楚,都失去了最重要的人——

（金兵、俘虜群退到後舞臺,柔福帝姬的生母「王娘娘」上,病重難支奄奄一息,柔福帝姬迎上前來,扶著王娘娘）

柔　福　母親！
王娘娘　柔福,這條路好冷好冷,母親恐怕走不下去了。留妳一個,母親真毋甘……（柔福哭泣,俘虜群們也跟著低泣）

　　　　　　不要哭，柔福，妳不要哭，母親不想聽著妳的哭聲離開……
柔　　福　我沒哭，那是月娘在哭……
王娘娘　　是月娘在哭……
柔　　福　母親放心，我會好好照顧自己，妳毋通掛念我。
王娘娘　　（點點頭）是月娘在哭……
　　　　　（柔福陪著王娘娘慢慢的走到台口）
　　　　　（韋娘娘幕後唱上，在唱段中，王娘娘下）

韋娘娘　　（唱）遠遠地天邊、夜月淚濛濛，
　　　　　　　　吹過了一陣陣、凍骨的霜風。
　　　　　　　　星辰下的人、有聽到他們在講，
　　　　　　　　講他們在故鄉做過的夢、夢醒攏成空。
　　　　　　　　金碧山水、盡搖落，
　　　　　　　　何年會當、再相逢？
　　　　　　　　前途後路、皆茫茫，
　　　　　　　　一望無窮、是北國的寒冬。

韋娘娘　　柔福，不要再傷心了，妳的母親會不放心。

　　　　　（後舞臺的金兵、俘虜群漸下）
老靜善　　她是韋娘娘，在前往北國的路上，後來都是韋娘娘與柔福帝姬相伴。韋娘娘從來就不受徽宗皇帝的疼愛，就算她生下皇子也是一樣。

柔　福　韋娘娘，九皇兄他作了皇帝囉——（韋娘娘點頭表示知道）九皇兄真厲害，還在汴京的時候，我就聽說金國大將金兀朮，因為九皇兄將他的鐵胎寶弓拉開，不相信這個少年人，會是生養在深宮的親王。

老靜善　徽宗皇帝有三十個兒子，在金兵打入汴京之前，韋娘娘唯一的兒子只是他其中一個，平凡無奇。如今，九皇子卻是徽宗皇帝唯一留在中原的兒子，康王趙構，承繼大統。

韋娘娘　當初怨懟他為了在父兄面前、證明自己是一個有膽有識之人，竟然自願前往金營作人質，讓我們母子分離；誰知道金兵會攻入汴京，反倒讓他逃過一劫。感謝上蒼，我甘願這樣想他，甘願他在遠方平安作皇帝，母子一世人都不要相見。

柔　福　若是能夠偷偷逃回中土……

韋娘娘　傻孩子，北國離中土可是有千里之遙……

（韋娘娘、柔福帝姬下）

老靜善　我是誰？現在我是說故事的人，稍等我就是故事中的人，在她們回轉中土的路上，我的名字「靜善」就此與「柔福帝姬」一同寫在歷史之上，我們的故事從這裡開始。

（老靜善下）

（戰鼓喧天，岳飛帶領著一隊人馬殺出）

岳　飛　（唱）少年將軍、英雄種，
　　　　　　　白馬銀槍、意氣揚。
　　　　　　　一心要做、架海樑，
　　　　　　　龍潭虎穴、豈在眼中？
　　　　（白）來人啊，隨我——（被打斷）

（王彥怒氣沖沖上）

王　彥　岳將軍且慢！撤兵軍令已下，你欲往何方？
岳　飛　大人，此時此刻，千萬不可撤退。
王　彥　我們只有七千人，外面金兵有五、六萬人，就算你再能打，難道打得贏五、六萬人？速速撤兵！
岳　飛　我已有方略在心，趁我軍狀況金兵未明，將七千人分做三路，一路——（被打斷）
王　彥　住口，我是你的頂頭上司，軍令已出，撤退就是。
岳　飛　哼，眾兒郎！
眾宋軍　在。
岳　飛　隨我來呀。
眾宋軍　是！
王　彥　（怒）岳飛啊岳飛，你以為你戰無不勝，就可以肆意妄為嗎？有朝一日，你會為此付出代價！

（王彥下）

岳　飛　眾兒郎，隨我殺入金營，殺一個措手不及。

（眾金軍倉皇上）

金　軍　（唱）天降神兵、一瞬間，

　　　　　　　戰馬驚慌、人膽寒。
　　　　　　　宋軍何來、如斯猛將？
　　　　　　　馬蹄過處、刀劍摧殘。
岳　　飛　（唱）兵力懸殊、又何妨？
　　　　　　　勝負不在、一回戰功。
　　　　　　　出奇不意、來回衝突，
　　　　　　　佔盡先機、難擋銳鋒！
　　（岳飛、宋軍、金軍下）

　　（柔福帝姬、靜善上）
靜　　善　（唱）輾轉路途、受寒飢，
　　　　　　　仰望天星、嘆稀微。
　　　　　　　趁亂脫逃、向南去，
　　　　　　　思念故土的滋味。
柔　　福　靜善妳看，三月囉，桃花開得真美，好像很久沒有見過花開的時候。
靜　　善　是啦，姐姐。
柔　　福　妳探聽的如何？
靜　　善　沿路的百姓說前幾日襲擊金營的、是岳飛將軍。
柔　　福　岳飛？不曾聽聞。若不是這隊人馬，我們哪有可能在金兵押送的途路之上趁亂逃離。靜善，多謝妳帶我們藏身，人生地不熟，若是沒有妳，我們逃出金營可能早就被金兵抓回去。
靜　　善　姐姐，別這樣說。靖康之難後，這裡都是金人，我也很想去往中土，因為有姨娘與姐姐陪伴，我才有勇氣隨妳

們離開。

　　（唱）相逢何必、曾相識，
　　　　　天涯淪落、同流離。
　　　　　結伴而行、相扶持，
　　　　　終有冰消、雪融時。

（韋娘娘上）

韋娘娘　柔福，靜善，可有消息？

柔　福　韋娘娘，靜善探聽出來了，附近可能有宋軍駐紮，我們若能找到軍營，就可以回到中土。

韋娘娘　三年來，幸好有妳陪伴。若是真的可以回去，我一定要讓構兒好好照顧妳、補償妳。

柔　福　三年前，在前往北國的路上，我身染重病，若不是韋娘娘的照顧，恐怕我早隨母親而去。

韋娘娘　從前在汴京的時候，妳的母親王娘娘比我受寵不知多少，我倆人並無機會相處，反倒是現在……唉，這也是造化弄——（作嘔）

柔　福　韋娘娘怎麼了？

韋娘娘　我沒事——（嘔）

靜　善　可能是餓了，這是我剛剛化緣來的乾糧（遞給韋娘娘）。

韋娘娘　我吃不——（嘔，自言自語）難道說……

柔　福　（驚嚇）韋娘娘可是有了身孕？（韋娘娘震驚）不是啦，是有什麼不爽快？

韋娘娘　（遮掩）是餓了，靜善，勞煩妳將乾糧分我一點。

靜　善　是啦，韋娘娘，別客氣。（遞給韋娘娘，而後也分給柔福，柔福發愣）姐姐？

（柔福回神。接過乾糧看韋娘娘勉強自己吃下，覺得不安，找話題）

柔　福　靜善，回到中土，妳有何打算？

靜　善　我一個比丘尼，是要打算什麼？到南方之後，找一間尼庵安身就是。韋娘娘若是好些了，我們就快趕路吧。

柔福、韋娘娘　嗯。

（三人下）

（岳飛率領副官、部卒上）

副　官　將軍，探子傳回消息，十里之外的樹林似有金兵行蹤。

岳　飛　人數多少？

副　官　五、六十人。不知為何在宋金邊境徘徊不去。

岳　飛　一探便知。

眾軍士　是。

岳　飛　（唱）二聖流落、在北方，
　　　　　　　中原大地、也蒼茫。
　　　　　　　康王登基、承大統，
　　　　　　　歷經困苦與風霜。
　　　　　　　江南軍民、奮力抵抗，
　　　　　　　抗金還有、韓世忠。
　　　　　　　從此長江、難越渡，
　　　　　　　偏安只為、來日反攻。

（金兵上，岳飛眾人遠遠望著）

金兵甲　逃走的女犯應該就躲在這片樹林之中，來人啊，分頭

　　　　找尋。
眾金兵　是。
　　（金兵下）

　　（韋娘娘、柔福、靜善上。韋娘娘不舒服走不動）
柔　福　韋娘娘，妳再忍耐一會兒。
韋娘娘　都是我拖累你們。
　　（金兵甲等人上）
金兵甲　哈哈，找到了。逃走的女犯在這裡！

　　（岳飛眾人與金兵交戰，戰圈中，三女分別被沖散。韋娘娘被金兵抓住，而柔福、靜善被宋軍保下）
金兵甲　可惡啊，退兵。
　　（金兵撤退）
岳　飛　姑娘無恙否？
柔　福　多謝將軍相救。
靜　善　姐姐！
柔　福　靜善，妳沒事太好了。
靜　善　姐姐，我們現在可以回中土了。
柔　福　（還看四週）請問將軍，還有一位夫人與我們同行⋯⋯
副　官　稟將軍，交戰之中只救下這兩位姑娘。
柔　福　（驚）請將軍速速派兵追回！
　　（燈暗）

第二場

　　（場景：宮中）
　　（高宗上）
高　宗　（唱）遭逢著、天地奇災，
　　　　　　　半壁江山、皆塵埋。
　　　　　　　人間萬事、難預猜，
　　　　　　　冥冥之中、有安排。
　　　　　　　自願往向、金營去，
　　　　　　　遠離汴京、避禍災。
　　　　　　　也曾入山、又出海，
　　　　　　　為避金兵、流轉天涯。

　　（高世榮喜上）
高世榮　（唱）幸有中興、四將在，
　　　　　　　仗劍守關、不准開。
　　　　　　　更有岳飛、百姓敬愛，
　　　　　　　今朝要入、皇城來。
高　宗　（唱）父母兄弟、皆相失，
　　　　　　　偏安江南、大宋第一人。
　　　　　　　殘破江山、難喘息，
　　　　　　　萬千重擔、在一身。

高世榮　微臣高世榮參見皇上。

高　宗　平身。

高世榮　謝皇上。

高　宗　愛卿，你今日為何如此歡喜？

高世榮　今日乃是岳飛岳將軍覲見皇上的日子，岳將軍短短數年間，就從宗澤將軍帳下一個小小的先鋒官升至御營統制，他一身的本事令人敬佩。我對岳將軍仰慕甚久，自然歡喜。

高　宗　是啊，若不是宗澤、韓世忠、岳飛這些將軍，朕這半壁江山恐怕是難保囉⋯⋯唉。

高世榮　皇上因何嘆氣？

高　宗　不過是想起一件往事而已。那一年兄皇要我二度前往金營議和，途經河北，為一群百姓所攔阻。

高世榮　微臣記得，當時皇上還是康王，聽說他們是知道皇上要前往金營議和，故而攔阻。

高　宗　他們不願議和，要我留下。當時與我同行的刑部尚書王雲喝叱他們無禮，要他們後退，不要阻了皇上交代的議和⋯⋯愛卿，你可有想過堂堂一個朝廷命官竟被他們活活打死？

高世榮　唉，恐怕王尚書也沒有料想，百姓會這麼衝動。

高　宗　現場可是還有一個人，眼睜睜看著一切發生⋯⋯

高世榮　喔？是誰？

高　宗　是宗澤將軍⋯⋯（陰冷嘲諷）若是沒他為朕攔住百姓，朕不知是否有今日⋯⋯

（太監甲上）

太監甲　啟奏皇上，岳將軍到。

高　宗　宣。

太監甲　宣岳將軍覲見。

（岳飛上）

岳　飛　（唱）殘破江山、哀鳴處處，
　　　　　　　　百姓盼望、親迎王師。
　　　　　　　　破金豈能、半刻躊躇？
　　　　　　　　萬千重擔、義不容辭。
　　　　　（白）末將御營統制岳飛參見皇上。

高　宗　（趕忙拉起岳飛，熱絡）愛卿快起。

岳　飛　謝皇上。

高　宗　（唱）他本是、宗澤帳下、一先鋒，
　　　　　　　　數年間、無人可掩、他鋒芒。
　　　　　　　　提拔只為、他彪炳戰功，
　　　　　　　　大宋國、如今靠他、度過寒冬。
　　　　　　　　他神色飛揚、近猖狂，
　　　　　　　　百萬金兵、也看做、彈指便成空。
　　　　　（白）這幾年，愛卿辛苦囉。

岳　飛　為了皇上、為了百姓，不算什麼。

高　宗　軍中用度是否充足？軍士可有飽食暖衣？

岳　飛　皇上對末將與軍士的關愛，末將萬死也難以報答。

高　宗　朕必不負你。

岳　飛　末將另有一事稟告，半月之前，末將在宋金邊境保下兩

　　　　　　名被金兵追索的女子，其中一人自稱是柔福帝姬。
高　宗　（驚）你說什麼？
岳　飛　末將難斷真假，便將帝姬一同帶至臨安，現已在殿門外
　　　　候宣。
高　宗　宣、快宣。
太監甲　宣柔福帝姬。

（柔福帝姬上）
柔　福　（唱）聽聞皇上的音聲，
　　　　　　　七分遲疑、三分行。
　　　　　　　龍袍在身、他是九皇兄，
　　　　　　　恍如隔世、難分明。
　　　　（柔福經過高世榮時，高世榮忍不住抬頭看了她）
高世榮　（唱）踏破嚴冬、向春來，
　　　　　　　紅梅孤拔、在塵埃。
　　　　　　　無人護持與關愛，
　　　　　　　不隨命運、來安排。
柔　福　柔福帝姬參見皇上。
高　宗　（唱）急匆匆、認她的眉目，
　　　　　　　只看見、滿面的滄桑。
　　　　　　　過去不曾、常來往，
　　　　　　　實不知、如何認紅妝。
柔　福　（唱）神色冷淡與猜疑，
　　　　　　　不能肯定、我是帝姬。
　　　　　　　縱使相逢、應不識，

　　　　　　落土的、玉葉金枝。
　　　（白）有一年除夕家宴，皇上寫的春聯，被父皇誇讚，他說皇上這張寫的比三哥還好，要韋娘娘回去就要貼在宮門口。我年歲雖小，跟著眾兄弟姊妹一同欣賞皇上寫的春聯，那時，皇上還順手給了我一個橘子。
高　宗　（唱）陳年往事、幾忘卻，
　　　　　　彷彿猶聞、筆墨香。
　　　　　　三哥是、何等的人物？
　　　　　　父皇卻對我、展笑容。
（高宗臉上露出笑容，柔福笑出聲，將高宗從回憶中喚醒）
柔　福　當時九皇兄也是這樣笑的。（突然感傷）九皇兄，很多事情都變了，我很高興還能在九皇兄臉上看見同款的笑容。
岳　飛　（喜）末將恭喜皇上，兄妹團圓。
高　宗　來人，將宮中汴京舊宮人找來，請他們確認帝姬身份。
太監甲　是。
岳　飛　（錯愕）皇上，這？
高　宗　冒任皇親乃是死罪，事關皇室血脈，不得由我一人作主。
　　　　（向柔福）妳可明白？
柔　福　柔福明白，但請查驗無妨。

（舊宮人們上）
舊宮人　（唱）聽聞帝姬、回南國，
　　　　　　滿懷激動、行色匆匆。

　　　　　　雖不曾、侍奉在身旁，
　　　　　　也想見、往日的景光。
　　　　　　（眾宮人圍著帝姬轉東看西看）
　　　　　　不識眼前、女紅妝，
　　　　　　無人敢說、她是帝姬皇宗。
宮人甲　有了！我是侍奉華福帝姬的宮人。
舊宮人　（唱）宮中舊事、對伊講，
　　　　　　一試便知、真鳳假凰。
柔　福　（唱）人在北國、往事何曾忘？
　　　　　　不敢提起、怕心傷。
　　　　　　今朝與人、說宮中，
　　　　　　猶疑此身、在夢鄉。
宮人乙　妳們看，各宮情況她都是應答如流，她應該是真正的柔
　　　　福帝姬。
宮人甲　那當今太后呢？太后她在北國是否安好。
　　（高宗留心）
柔　福　太后……韋娘娘她……
眾宮人　（唱）她躊躇猶豫、為何因？
柔　福　（唱）不該說出、太后的艱辛。
　　　　　　三言兩語、遮掩它，
　　　　　　（對眾宮人）
　　　　　　不知太后、何處安身。
　　　　（白）自從金人知道太后乃是皇上生母，便將太后安置
　　　　　　在別處，無從得知。
　　（眾宮人看著彼此點頭）

宮人甲　回稟皇上，雖然過去並無來往，我們對帝姬的容貌陌生，不過問答之間，可以確定，帝姬對宮中之事，皆有瞭解。這不是隨便什麼人都可以知道的事情。

眾宮人　是啊。

高世榮　妳們退下吧。

眾宮人　是。

（眾宮人下）

高　宗　皇妹，妳受苦了……

岳飛、高世榮　參見帝姬。

柔　福　岳將軍、高大人免禮。

高　宗　（唱）心中疑問、有萬千，

　　　　　　　弱女何能、避狼煙？

　　　　　　　皇妹若能、回金殿，

　　　　　　　母子甘會使、渡餘年？

　　　　（白）皇妹是如何從北國回來？岳愛卿保下兩名女子，與妳同行者又是何人？

柔　福　金人不知何故將我們換所在安置，岳將軍率軍襲營，我們——我、才能趁亂逃出。同行者乃是金營附近尼庵中的比丘尼，是她為我指引藏身之處，直到邊境之上遇到岳將軍。

高　宗　是不是有一天，母親也能像皇妹一樣，從北國回來呢？

（燈暗）

歌仔戲劇本《當時月有淚》　023

第三場

（場景：無特定時空→御花園）
（老靜善上）
（眾宮人另側忙著準備嫁妝）

老靜善　那一年，我隨著帝姬來到臨安。岳將軍將帝姬帶回宮中，分別之前，帝姬問我是否願意與她一同留在宮中，我還是比較習慣青燈古佛的日子，岳將軍便將我安排在白水庵。不久之後，帝姬的身份被朝廷承認，公告天下，並且封為「福國長公主」。

宮人甲　公主就該叫做「公主」，叫什麼「帝姬」？
宮人乙　是啊，「帝姬」、「帝飢」，皇帝餓肚子，歹兆頭。

老靜善　遠在北國的徽宗皇帝，曾經仿照周朝「王姬」位號，改「公主」為「帝姬」。

宮人丙　還是改回來叫「公主」比較順耳。

老靜善　朝廷承認公主不久之後，就傳來公主大婚的消息，駙馬爺乃是翰林學士高世榮大人。那當時，我真為公主高興，歷盡苦辛，她的一生就此安穩囉。

（老靜善下）
（高宗、福國上）

高　　宗　皇妹，臨安的日子可還習慣？
福　　國　前兩日，高大人為臣妹帶來市街之上的糖藕、蜜糕，很好吃，以前在汴京沒吃過這款點心。
高　　宗　皇妹，妳是有福之人，比起妳，太后就……
（沉默片刻）
福　　國　……是我不好。
高　　宗　傻小妹，這和妳有什麼關係？朕很高興妳能夠回來，（黯然）自從舊歲朕唯一的兒子過身，放眼整個中原，只有妳、是與我血脈相通的親小妹。靖康之亂，天下多少百姓家不成家，母子分離又豈是我一家？

（高世榮上）
高世榮　微臣高世榮參見皇上、公主。
高　　宗　平身。你來的剛好，那件事情，就交給你自己說了。呵呵。
高世榮　皇上！
（宋高宗下，靜善隨下）

高世榮　公主。
福　　國　高大人。
高世榮　公主，我……
福　　國　（嘆嘘）我知道。

歌仔戲劇本《當時月有淚》　025

高世榮　既然公主已經知道──（被打斷）

福　國　婚事，高大人可以拒絕。

高世榮　我不會拒絕，這不是皇上逼我的，公主不必如此拒人於千里之外。

福　國　不是娶到公主的人，就一定會飛黃騰達。

（高世榮不語）

福　國　你也知道，在北國的妃嬪公主她們──我們是遇到什麼事情。花殘柳敗，你可以拒絕。

高世榮　（唱）她是薄命、一紅顏，
　　　　　　　身不由己、嘆摧殘。
　　　　　　　嚐盡世情的雙眼，
　　　　　　　猶對人間、有眷戀。

　　　　（白）公主，妳可是討厭我？

福　國　（唱）難說有情、卻也不討厭，
　　　　　　　淡薄仔歡喜、他喚我的聲。
　　　　　　　我的過去、是失落與驚惶，
　　　　　　　他甘會後悔、與我鬥陣行？

　　　　（白）我不討厭你，不過──

高世榮　好囉，什麼都別再說了，這樣就夠了。

（燈暗）

第四場

（場景：宮中）
（岳飛帶副官與兵卒上）
岳　　飛　（唱）天生我才、必有用，
　　　　　　　　雄鷹展翅、在蒼穹。
　　　　　　　　大宋一朝、我為將，
　　　　　　　　金兵不敢、犯邊疆。
　　　　　　　　不為恩賜、不為賞，
　　　　　　　　整軍備馬、挽長弓。
　　　　　　　　迎回二聖、何懼殺戮？
　　　　　　　　千里昂揚、熱血滿腔。

（高宗、高世榮上）
高　　宗　（唱）太祖開國、有遺訓，
　　　　　　　　文臣武將、對待分。
　　　　　　　　方今天下、不平靜，
　　　　　　　　仰仗武將、賜功勳。

（眾禁軍上）
眾禁軍　（唱）聽聞將軍、入皇城，
　　　　　　　　一睹風采、在門埕。

(白)①他就是岳將軍？②怎麼這麼將才？③他對我笑了～

　　　若是追隨著、他的形影，

　　　金兵百萬、也免驚。

禁軍甲　（情不自禁，激動）北征！北征！岳將軍，帶我們回北方。

禁軍乙　只要能奪回中原，我們什麼也不怕！

高　宗　（唱）光芒萬丈、大將軍，

　　　所過之處、淚紛紛。

　　　難怪他、戰無不勝，

　　　他們為伊、願受烈火焚。

高世榮　皇上他啊──

　　　（唱）他的神色、令我難安，

　　　一瞬之間、心生膽寒。

　　　他對他、似有忌憚，

　　　恐有芥蒂、君臣之間。

眾禁軍　岳將軍！岳將軍！

太監甲　皇上駕到。（聲音被禁軍呼喊聲蓋掉）皇上──（高宗示意不必了）

（高宗走向岳飛，有禁軍發現高宗來了）

禁軍甲　啊、是皇上。

眾　人　皇上萬歲、萬歲、萬萬歲。

高　宗　眾人平身。（對岳飛，充滿嫉妒）愛卿，你來囉。來人，

呈上來。（對岳飛）愛卿，你一心為國，我要送你一項東西。

（太監乙取出一面旗幟，上書「精忠岳飛」）
岳　飛　精忠岳飛。這……這是皇上的親筆所書！
高　宗　是，是我親筆所書。
岳　飛　末將謝過皇上，這是何等榮寵，末將受之有愧。
高　宗　愛卿忒謙了，（陰冷）朕知道，愛卿曾自比太祖皇帝——
岳　飛　（驚）末將不敢！
（岳飛準備跪下，高宗扶住他）
高　宗　愛卿之意朕明白，太祖皇帝與你都是三十二歲便受封節度使，這是事實，有什麼敢不敢？「精忠」二字，愛卿絕對不是受之有愧，整個大宋國，「精忠」非你莫屬。
岳　飛　末將一片赤膽忠心，絕不辜負皇上的信任與交託。來人啊，日後出兵，所有的岳家軍，這就是我岳飛所用，務必以此旗幟為認。
副　官　是。
（除高宗、岳飛、高世榮，其他人下）

高　宗　愛卿，關於北征，你有何想法，不妨說來。
岳　飛　啟奏皇上，金人雖然佔據北方，但他們無法真正統治原有的中原之地，要攻打金國首先要解決佔據開封、由金人所立的齊國劉豫。末將認為，要迎回二聖，必須先收復襄漢之地——

高　宗	（唱）	侃侃而談、用兵之策，
		天下大勢、了然於胸。
		他若是、中原掃平，
		我也能、美稱中興。
岳　飛	（唱）	二聖猶困、在北境，
		受盡苦辛、無所依憑。
		為陛下、父子兄弟情，
		親迎二聖、回朝廷。
高　宗	（唱）	口口聲聲、迎回二聖，
		一字一句、刺痛心胸。
		流離數年、如履薄冰，
		這是什麼款的「天命」？
		無我苦心、苦經營，
		何來偏安、小太平？
		亡國之君、他們是憑什麼？
		尺寸無功、重掌龍庭！
高世榮	（唱）	又是這、陰晴不定的神情，
		天有三日、正統難分明。
		岳將軍、如何對你、來提醒？
		言辭莫要、惹得皇上、氣難平。

高　宗　岳愛卿，你放心好好打，只盼有生之年能可骨肉團圓。

岳　飛　（頭腦一熱）哈哈，破金之事何須半生？至多三、五年也就是了。

高　宗　（複雜的心情）喔？愛卿如此言說，可是會讓朕喜出望外喔。

　　　　（高宗輕輕的拂袖而去，同時岳飛太感激了，跪下）
岳　　飛　末將必定盡心盡……（突然覺得怪怪，抬頭，發現高宗走了）皇上？
高世榮　岳將軍，你今日話多說了幾句囉。
岳　　飛　我是說了什麼？

第五場

　　（場景：無特定時空→高宗寢宮、夢境）
　　（百姓上，他們先隱身在後舞台陰暗的地方）

百姓甲　岳將軍要北征，中原終於有收復的機會啊。
百姓乙　實在很厲害，幾年內襄陽六郡、洛陽西南，又是我們大宋朝的。
百姓丙　不過，你們可有聽說？
百姓甲　聽說什麼？
百姓丙　朝廷要議和。
百姓乙　起笑喔？打贏的喊不打？
百姓丙　他們懷疑岳將軍別有所圖。
百姓丁　全天下的人都看得出來「精忠岳飛」的赤膽忠心，朝廷是在懷疑什麼？

　　（鑼鼓聲漸響，眾百姓、王雲上）
眾百姓　九王爺！九王爺你出來！
　　（高宗迷濛中，聽見有人呼喚，上場）
高　宗　是誰喚我九王爺？
王　雲　你們這群刁民，知道自己在做什麼嗎？皇上派九王爺去金營議和，你們居然敢攔住官轎？速速後退，不得阻礙

　　　　　朝廷命官，否則莫怪我依法行事。

眾百姓　（唱）罵聲狗官、太不仁，

　　　　　　　百姓怎麼會是刁民？

　　　　　　　為漢土、我們甘願來捨身，

　　　　　　　受國恩、你們議和為何因？

（飾演岳飛的演員戴上髯口，扮演「宗澤」，宗澤上）

（眾百姓步步緊逼）

王　雲　你們要做什麼？

眾百姓　請九王爺與大人不要再向前而行。

王　雲　議和之事，朝廷已定，你們不要再過來了。宗澤將軍你來了！宗澤將軍！你們快叫他們後退，莫要阻礙九王爺前往議和。

眾百姓　說什麼議和？不要再說了！聽了真不爽。

（百姓直接動手打王雲）

眾百姓　狗官！打死你。

王　雲　九王爺！

高　宗　冷靜、冷靜啊。

眾百姓　（轉向高宗）九王爺為什麼維護這個狗官？他吃我們大宋國的米糧，卻要做漢奸。你難道也跟他一樣？

高　宗　我……我……（出於恐懼，看著宗澤）宗澤將軍！

宗　澤　（擋在高宗身前，有威嚴的沉吟了一聲）各位請自重。

眾百姓　宗澤將軍，你要帶領我們打退金兵啊！（眾百姓停止進逼高宗，轉向王雲）都是這個狗官，教壞九王爺，打他、把他打死！

（眾百姓動手打王雲）

歌仔戲劇本《當時月有淚》　033

王　雲　九王爺！救我！

高　宗　宗澤將軍！宗澤將軍！你快、你快！
　　　　（唱）滿身冷汗、求他出手來相救，
　　　　　　　冷眼旁觀、任我百般的哀求。
　　　　　　　他要誰活、誰便活，
　　　　　　　他不出聲、誰就一命休。
　　　　　　　生在亂世、軍權若在手，
　　　　　　　他可為王、我為階下囚。

王　雲　（淒厲）九王爺！

高　宗　宗澤將軍，我求你，算我求你了！你快救他。
　　　　（高宗從背後搖晃宗澤，宗澤摘下髯口，回頭看著高宗）
　　　　（王雲倒下。眾百姓下，王雲屍體暫留場上）

高　宗　（驚訝）岳將軍，怎會是你？宗澤將軍呢？

岳　飛　（黑道討債的態度）皇上，你之前答應給我五萬兵馬，你可記得？你為什麼不說話？你可記得？你是要我問幾次？是要我等多久？
　　　　（唱）十萬精兵、岳家軍，
　　　　　　　再五萬、舉國便無倫。
　　　　　　　這般軍力、在掌中，
　　　　　　　兵鋒所指、誰敢不順？
　　　　　　　親迎二聖、入宮門，
　　　　　　　坐龍椅、也要我恩准。

高　宗　（唱）事事項項、刺痛我的心，
　　　　　　　長久介懷、到如今。

岳　　飛　你！兵給不給？軍糧給不給？要給就快給、我等不了太久。

高　　宗　愛卿，你且冷靜，兵馬一定會給你，我當然也是很期待你能——（被打斷）

岳　　飛　（不耐煩的揮手）煩哪！這樣是要怎麼做事？算了，什麼將軍我不要做了。十萬岳家軍你要給誰就給誰，我不希罕、我通通不要了。

高　　宗　（大驚）愛卿，別這樣，大宋朝你最能打，你不要領兵了，我是要怎麼辦？何況十萬岳家軍是你帶出來的、他們認準了你，還能聽別人的嗎？

（正當高宗焦頭爛額、低聲下氣的安撫岳飛，幕後又傳來徽宗、韋娘娘聲聲喚兒，隨後上來一群移動方式像喪屍、落魄悽慘、衣衫襤褸的王室成員，由眾百姓扮演）

徽　　宗　構兒……構兒……我是你的皇帝老爸啊。

欽　　宗　九皇弟……我是你的皇帝兄哥啊。

韋娘娘　我的兒啊……我是這世上唯一關愛你的阿母啊。那兩個你可以不用管，你的親生老母，你不能不管啊……

眾王室　九皇兄／九皇弟／九皇伯／九皇叔……我們好苦啊、我們好想你啊，你什麼時候才會派岳將軍把我們接回去啊。

（岳飛一見到徽欽二帝，立刻跪著向徽欽二帝爬了過去）

岳　　飛　（誇張的痛哭）末將罪該萬死，是末將無能、是末將不忠，未能早日迎回二聖。

高　宗　（想拉岳飛起來）愛卿、愛卿，快起來，你毋湯安呢。
　　　　（岳飛粗暴的甩開高宗的手，繼續痛哭表忠誠）
岳　飛　你放手啦。（對徽欽二帝）是末將無能、是末將不忠，
　　　　未能早日迎回二聖。（不斷重複）
高　宗　（看著這一幕，不想接受的後退）不要、我不要！

　　　　（高宗後退過程中，差點被王雲的屍體絆倒）
高　宗　啊～是王尚書。
王　雲　（突然跳起來）九王爺，皇上將議和的任務交代給你，
　　　　你一定要完成啊。

　　　　（眾王室突然變成眾百姓，衝過來王雲身旁）
眾百姓　狗官！你沒死！打死你！
王　雲　啊！
　　　　（王雲再死一次，眾百姓變成眾王室，轉向高宗）
眾王室　九皇兄／九皇弟／九皇伯／九皇叔，你快點派岳將軍把
　　　　我們接回來啊。
岳　飛　是末將無能、是末將不忠，未能早日迎回二聖。

　　　　（正當情緒緊繃到極致，一聲「九皇兄」，頓時舞臺靜止、
　　　　無聲）
福　國　九皇兄。
高　宗　皇妹，妳為什麼在這裡？妳一個孤身弱女，為何能夠從
　　　　北國回來？
福　國　九皇兄當真這麼不願看見我們回來麼？九皇兄當真希望

　　　　　我們全部死在北國嗎？
高　宗　我沒有、我沒有。

　　（眾王室／眾百姓突然動了起來，衝向高宗，脫下他身上的龍袍）
眾　人　大好江山，你不戰，岳將軍要戰，你不要，就給岳將軍！
　　（眾人將龍袍披在岳飛身上，岳飛欣然接受還欣賞了一番）
岳　飛　跟你們說一件事，是有一點巧合啦，太祖皇帝與我都一樣，我們都是三十二歲就做了節度使喔。呵呵。
眾　人　（對岳飛）皇上萬歲萬歲萬萬歲。
高　宗　你們、你們！你們竟敢！

　　（眾人突然退去，高宗夢醒）
高　宗　夢……是夢。這件事一定要做一個了斷……
　　（高宗推開寢宮的門，看著月色）
　　（福國、岳飛、韋娘娘上）

福　國　（唱）月有淚、月有淚，
　　　　　　　為誰月娘、淚暗垂？
　　　　　　　紅顏半世、空憔悴，
　　　　　　　憑誰為我、論是非？
高　宗　（唱）月無情、月無情，
　　　　　　　寒夜冷光、照滿城。
　　　　　　　戰馬嘶鳴、刀光影，
　　　　　　　飄搖風雨、坐龍庭。

歌仔戲劇本《當時月有淚》

岳　飛　　（唱）月光暝、月光暝，
　　　　　　　　願借月華、駕長車。
　　　　　　　　赤膽中原、好男兒，
　　　　　　　　賀蘭山巔、共相期。
韋娘娘　　（唱）月暗暝、月暗暝，
　　　　　　　　獨向長夜、嘆稀微。
　　　　　　　　參商兩別、千萬里，
　　　　　　　　今生甘有、相逢時？

第六場

（場景：皇城某處）
（高世榮、福國上）

高世榮　唉。

福　國　對此良辰美景，駙馬卻愁容滿面，莫非是為了皇上急召秦檜秦相國入宮？

高世榮　近日皇上心神不寧，多夢難眠，自從徽宗皇帝在北國薨逝的消息傳回，皇上便非常希望太后能夠回朝。他召相國入宮，想來已經有了主意。

福　國　不是舉全國之力北征迎回天眷，而是由相國安排與金國議和，換回太后。（頓）岳將軍的處境是越來越艱難了。

高世榮　公主！（左右張望）言語之間小心為上。

（岳飛上）

岳　飛　見過福國長公主、駙馬。

高世榮　岳將軍，今日入朝是否有事上奏？

岳　飛　正是為北征之事而來。

高世榮　近日支持宋金議和的看法，甚囂塵上，北征之事或可緩奏。或許是有心人針對你而來。

岳　飛　多謝駙馬提醒，我知道自己已是他們的眼中釘，不過，個人功過事小，延誤時機、錯失收復北方的機會，將是

　　　　　大宋國的罪人。孰輕孰重，自當了然。

福　國　岳將軍，本宮知道你是一個很堅持的人，你可有想過，如今不比當年朝不保夕，想要過安定日子的朝官與百姓，恐怕不在少數。你一心北征、只為不想做大宋國的罪人，若是如此，恐怕就要做死人囉。

高世榮　公主！（和緩一點對岳飛）時機也不會只有一次。有時候，也要顧慮一下皇上的心情，皇上現在比較敏感一點──

岳　飛　戰場之上，看的是時機，不是心情好就出兵，也不是心情不好敵軍就不會來犯。金人為何肯議和？就是因為他們知道，我們很有機會打回中原、甚至是燕雲十六州，縱橫沙場十數年，末將知道，現在就是最好的時機。我若是把握時機，皇上就會有好心情。

高世榮　我不是這個意思。

福　國　駙馬，你將那些人怎麼說，說給岳將軍聽。

高世榮　這……唉。

岳　飛　願聞其詳。

高世榮　他們說這得來不易的小太平，岳將軍卻一意要戰，定有私心，恐怕是要藉由立下不世戰功，順……順天應人。

岳　飛　末將絕無此意。

福　國　我們明白。不過岳將軍，一個看起來什麼都不要的人、可能他要的就是全部。有時候本宮也會想，你若真有私心，只要你的私心不在天下，也許皇兄會比較理解你的想法。

高世榮　岳將軍……（決定提醒他，左右張望、壓低聲音）你可

知皇上的私心？

岳　飛　皇上的心事與顧忌我都明白，自從皇上唯一的兒子薨逝之後，儲位空虛，因此只要盡快將皇上的養子「建國公」立為太子，皇上便可安心放手讓我北征。

高世榮　（大驚）岳將軍，你、你說什麼？

福　國　岳將軍，雖是你國之重臣，立儲之事卻不可妄加議論哪。

岳　飛　末將數十年來馳騁沙場，兩軍情勢心下了然，機不可失，就是妄加議論，末將也要盡力一試。

（高宗、太監甲上，高宗看見三人對談，示意太監甲不要出聲，走了過去）

高世榮　岳將軍——（被打斷）

福　國　（嚴肅乃至嚴厲）岳將軍，聽本宮的話，千萬不可妄議。

高　宗　皇妹，妳這樣就不對囉。

眾　人　（驚）參見皇上。

高　宗　平身。皇妹，妳雖然是長公主，岳愛卿卻是國之重臣，「妄議」二字，可不是妳能說的。

福　國　皇妹知錯。岳將軍，不妨與我們至寒舍，我會準備幾道酒菜，向岳將軍賠禮。

岳　飛　（對公主）末將不敢。啟奏皇上——（被打斷）

高世榮　岳將軍，走囉，自從我與公主完婚之後，你就沒來過公主府囉。

高　宗　高愛卿，皇妹，不必如此，朕看得出來，岳愛卿一定有很重要的話要對朕說。

岳　飛　啟奏皇上，皇上是心懷天下的明主，末將才敢暢所欲言——

高　宗　但說無妨。

高世榮　（唱）縱橫沙場、稱無敵，
　　　　　　　全不曉、世故人情。

福　國　（唱）眉目之間、怒氣騰騰，
　　　　　　　話出必然、動雷霆。

岳　飛　啟奏皇上，如今徽宗皇帝雖然薨逝，前皇猶在，若是北征順利，將金人逼至絕地，他們有可能在故都汴京立前皇為帝，如此一來大宋必為天有二日而陷入混亂。

高　宗　繼續講。

岳　飛　（唱）皇上尚未、立儲君，
　　　　　　　前皇稱帝、天下必兩分。
　　　　　　　太子早立、建國公，
　　　　　　　明世系、正統有定論。

高　宗　（唱）向天借膽、僭越論儲君，
　　　　　　　五臟六腑、如火焚。
　　　　　　　立儲若隨、他左右，
　　　　　　　誰是臣來、誰是君？
　　　　（白）（陰狠的）愛卿，朕的好愛卿，你這番建言是自己想出來的，還是與什麼人商量呢？

岳　飛　（覺得怪怪的）啟奏皇上，是末將自己的想法，並未與他人相參。

高　宗　喔？朕來問你，建國公與崇國公兩位都是朕的養子，為什麼愛卿你會獨厚建國公，替朕決定將皇位傳給建國公？

岳　飛　（嚇傻）末將……（連忙下跪）末將有罪，請皇上饒恕。

高　宗　哼。
　　　　（宋高宗憤怒的拂袖而去）
福　國　（悲傷的）岳將軍，你本是行伍中的末卒，不過十年便官拜太尉，可曾想過，皇上是寵你呢？還是怕你呢？

（岳飛跪著，福國、高世榮下）

第七場

　　　　（緊接第六場，岳飛仍然跪著）
岳　飛　（唱）（悲傷低吟的曲調）怒髮衝冠，憑欄處，瀟瀟雨歇。
　　　　　　　抬望眼，仰天長嘯，壯懷激烈。三十功名塵與土，
　　　　　　　八千里路雲和月。莫等閒，白了少年頭，空悲切。

　　　　（場景：無特定時空→監獄）
　　　　（在滿江紅的歌聲中，舞臺另一側百姓們上場，無聲的做出
　　　　噪動、抗議的樣子）
　　　　（老靜善上）
老靜善　紹興八年，在紛紛擾擾之中，宋金終於簽訂和議。外面
　　　　的事情我不懂，我只知道不想再經歷戰爭與逃亡，誰知
　　　　這件事情會決定公主與我的命運。

百姓甲　為什麼要議和？為什麼不讓岳將軍繼續打？
百姓乙　奸臣秦檜，不要臉！漢奸！賣國賊！

老靜善　天下公論沸沸揚揚，短短一年，金國就撕毀盟約，興兵
　　　　南犯。

百姓甲　幸好有岳將軍率領岳家軍，一路打到距離汴京僅有四十

里的朱仙鎮。
百姓乙　岳將軍這麼能打，皇上卻連發十二道金牌，要他立刻撤軍。
百姓丙　已經被人家騙一次了，朝廷卻還是想要議和。要議和，岳將軍就一定要撤軍。
百姓丁　我若是岳將軍，絕對不願。
百姓丙　皇上也是知道岳將軍一定不肯退，才會連發十二道金牌。
百姓甲　理由呢？
百姓丙　岳將軍要（低聲）謀反。

老靜善　為了使議和順利，回到臨安後，岳飛、韓世忠與張俊幾位將軍，陸續交出兵權。其他幾位將軍逃過死劫，岳將軍卻非死不可。任誰也不相信他會謀反，他卻還是以謀反的罪名入獄了。
百姓甲　那年的年尾，臨安城每條大街小巷——
百姓乙　每個人的嘴裡——
百姓丙　見面第一句話——
百姓丁　就是岳將軍哪有可能謀反？

（眾百姓下）
（岳飛踉踉蹌蹌的站了起來，獄卒剝去他一身戎裝之後，尋著監獄的一角坐下）
（福國、高世榮上，前往探監）
（老靜善下，與福國錯身）
高世榮　（唱）朝廷一心、求議和，

|||||岳將軍、定罪下天牢。

福　國　（唱）也曾想、面聖問清楚，
　　　　　　　避不見面、無奈何。
　　　　（白）岳將軍。

岳　飛　（起身）見過公主、駙馬。

福　國　岳將軍，你還好嗎？

岳　飛　（搖搖頭……而後嘆氣哽咽）
　　　　（唱）彼一日、大軍行至、朱仙鎮，
　　　　　　　忽來快馬、破風塵。
　　　　　　　眼望汴京、四十里，
　　　　　　　十二道金牌、緊相鄰。
　　　　　　　道道金牌、急相迫，
　　　　　　　迫我大軍、不得行。
　　　　　　　車輪倒轉、馬哀鳴，
　　　　　　　十年心血、盡凋零。
　　　　　　　哭聲震天、動汴京，
　　　　　　　城中父老、皆相應。
　　　　　　　此地一去、百年遠，
　　　　　　　今生要見、再不能！
　　　　（白）他們說我是謀反？我只想收復中原，為什麼這會
　　　　　　　是謀反？

高世榮　韓世忠將軍忿忿不平向秦相國質問，究竟是哪一件事情
　　　　讓岳將軍犯了謀反之罪？他要秦相國說個清楚，秦相國
　　　　卻只以一句「難道無罪麼？」就要韓將軍離開。

岳　飛　駙馬爺，莫要傷心，是非曲直總有一天會分明。

高世榮　怎麼會是你安慰我……岳將軍，我會再去問韓將軍看看，可有洗刷你冤屈的辦法。
岳　飛　十年功業已然灰飛煙滅……（擺一擺手）是謀反還是一片忠心，都隨他們去說了。
　　　　（唱）苦心經營、有何用？
　　　　　　　半生功業、轉眼空。
　　　　　　　不願再問、是與非，
　　　　　　　含淚無語、對蒼穹。
（歌聲中，福國、高世榮下）
（宋高宗上）
高　宗　「不願再問是與非，含淚無語對蒼穹。」這麼多年了，你在想什麼，朕都知道；不過，你卻是從來不曾體貼朕的心思。
岳　飛　恕末將愚頓。
高　宗　朕曾經做過一個夢，夢中所有人、都希望朕那個不成樣子的父親與無能的兄長，會使回來。他們都忘記了，是誰窮極奢侈，致使內亂頻繁？他們都忘記了，是誰醉生夢死，親手葬送祖宗留下來的半壁江山？愛卿，你甘有看見臨安城如今的繁華？自從朕十九歲那一年，自願前往金營作人質開始，就為這片江山心思用盡、遍嚐艱辛。
岳　飛　（直視著宋高宗）恕末將愚頓。
高　宗　事到如今，朕對你能說的也說了，不能說的也說了。也許你不會相信，你的夢也曾經是我的夢。
　　　　（唱）靖康恥，猶未雪；臣子恨，何時滅？駕長車，踏

　　　　　破賀蘭山缺。
岳　飛　臨安的月色怎麼會那麼冷……
高　宗　（唱）壯志飢餐胡虜肉，笑談渴飲匈奴血。待從頭，收
　　　　　拾舊山河，朝天闕。
　　（宋高宗唱下，燈漸暗，只留隱約在岳飛身上的光。歌聲持
　　續著直到唱完）

第八場

（場景：皇城某處）
（老靜善上）
老靜善　為了宋金議和，死了一個真將軍、一個假公主。紹興十一年，處死了岳將軍，再沒人攔阻議和；紹興十二年，太后，那個皇上朝思暮想的人，終於在流離北境十數年後，回朝了。我和公主的故事也差不多該結束了。
（老靜善下）

（高宗、太后上）
高　宗　太后，您終於回來了。
太　后　（唱）鳳冠黃袍、乘鸞轎，
　　　　　　　蕭瑟暮年、回南朝。
　　　　　　　十餘年、夜望明月照，
　　　　　　　謝上蒼、母子萬里遙。
　　　　　　　原以為、關山路迢迢，
　　　　　　　一世注定、北國飄搖。
　　　　　　　人生際遇、憑誰料？
　　　　　　　再不問、風雨蕭蕭。
高　宗　（唱）每逢月圓、人團圓，
　　　　　　　盼望母親、在身邊。

　　　　　　怨懟之語、猶在耳,

　　　　　　是我害你、愁煩添。

　　　（白）太后當日眼睜睜看我去送死的心痛,我後來都明白了。我的兒子,我惟一的兒子他沒了,那時侯我才知道我有多不孝,竟然讓太后如此心痛。

太　后　（唱）你為父兄、做忠臣,

　　　　　　也是天命、在你身。

　　　　　　逃過一劫、承大統,

　　　　　　換得我、風雪夜歸人。

高　宗　以後我們母子都不要再分開了。

太　后　（擦乾眼淚）有一件重要的事情,本宮一定要跟你說,是關於柔福——

　　　（太監甲上）

太監甲　啟奏皇上,福國長公主與駙馬殿外候宣。

太　后　柔福已在殿外?這……

高　宗　太后為何這般神色?

太　后　（唱）我在歸途、曾聽聞,

　　　　　　有女自稱、皇家子孫。

　　　　　　柔福帝姬、先帝第十女,

　　　　　　可是你、迎伊回宮門?

高　宗　是啊,此事天下皆知。

太　后　本宮在北國與柔福帝姬時常相見——

高　宗　喔?竟不曾聽皇妹提起。

太　后　柔福不曾提起?

　　　　（唱）北國風霜、相依偎 [uá],

　　　　　　路途艱辛、共作伴。
　　　　　　往事為何、要隱瞞？
　　　　　　莫非為我、保名聲？
（福國與高世榮上）
高　　宗　皇妹、妳來囉。
福　　國　（激動的）太后終於回來了！
太　　后　（唱）遙聞柔福的聲音，
　　　　　　陣陣波瀾、在我心。
　　　　　　北國也曾、配婚姻，
　　　　　　生囝與皇上、為血親。
（太后看見柔福來到跟前，轉身迴避）
福　　國　太后，是我啊。我是柔福啊，妳為什麼轉過身去？
太　　后　（唱）萬般苦楚、皆吞忍，
　　　　　　連累皇上、也蒙塵。
　　　　　　不願為他、添愁煩，
　　　　　　這天地……無妳可容身。
　　　　　（白）（顫抖著）大膽刁逆，竟敢冒認皇親。
福　　國　冒認……皇親？
太　　后　（心聲）柔福，本宮對不起妳。當年在宋金邊境，妳已知曉我懷有身孕，我如何能夠開口請妳為我保密？我唯有──
（太后轉過身來）
太　　后　（唱）怒將賊女、來指認，
　　　　　　眼前不知、是何人。
　　　　　　舊歲寒冬、北國病逝，

　　　　　我為柔福、哭到失了神。
高　宗　（驚）什麼？
高世榮　不可能！公主不可能是假的！
福　國　不是、不是這樣，皇上，我是真正的柔福帝姬，當年太后與我一同逃走，還有一個比丘尼可以為證——（突然想起）當年太后是有了（身孕）——（遮住嘴不敢再說）
太　后　本宮與真正的柔福帝姬自從去了北國之後，便不曾離開五國城，如何與妳一同逃走？
高世榮　（唱）翻天覆地、轉眼間，
　　　　　　　指鹿為馬、實膽寒。
　　　　　　　不甘伊、受盡苦難，
　　　　　　　豁命只願、保紅顏。
　　　　（白）（跪下）微臣願以性命為保，公主絕對是真的，（語無倫次）若是不相信，微臣也願意即刻帶著公主辭官還鄉。
　　（高世榮磕頭，福國制止）
高、福　（合）聞言心驚、又膽跳，
　　　　　　　太后心思、漸明瞭。
高、福　（同）必有曲折、公主知曉 // 只為曲折、我知曉，
　　　　　　　要她一命、來殞消 // 要我一命、來殞消。
高　宗　太后，此事且容兒臣查清——
太　后　柔福帝姬之死，乃是本宮親眼所見。
福　國　九皇兄。
　　（福國對高宗搖搖頭）

高　宗　皇妹……
福　國　不要緊。
　　　　（唱）為太后、當年的周全，
　　　　　　　願還她、一個成全。
　　　　　　　今生也已、無遺憾，
　　　　　　　身埋故土、魂歸還。
高世榮　公主，不能如此……我們可以再找更多的舊宮人，一定有人流落民間，一定有人認識妳。
福　國　不用了。駙馬，我早就跟你說過，不是娶到公主的人，就一定會飛黃騰達。
高世榮　嗚嗚，公主……
太　后　皇上，如何處置？
高　宗　這……

（岳飛上。靜靜的看著福國）
（福國抬頭看見岳飛）

福　國　（不是強烈的控訴，是悲哀）岳將軍，你的是非曲直不出百年必定會還你清白，而本宮，恐怕千秋萬世都要背負著罪名了。
岳　飛　公主受委屈了，不論如何、不論要往哪裡而去，我都會相送一程。
太　后　即刻處死。
高　宗　即刻處死。
福　國　有將軍相送，本宮有何怨恨？
　　　　（對高世榮）不用擔心，黃泉路上，有岳將軍同行，我

必會安然無恙。

（岳飛請福國先行，他在後護衛，福國點了點頭，兩人下）

第九場

（場景：白水庵→無特定時空）
（靜善上，誦經）
（數個兵卒上）

兵卒甲　太后一回來，就說公主是假的。
兵卒乙　十幾年來都是真的，怎麼會突然變成假的？
兵卒甲　岳將軍能謀反，公主當然也可以是假的。
兵卒丙　最倒楣的是駙馬，假公主被處斬，他被削去駙馬官職，心情鬱悶，乾脆辭官還鄉，離開臨安這個傷心地。
兵卒丁　我們今天出任務，找一個比丘尼是要幹嘛？
兵卒甲　上面說這個比丘尼與假公主是同夥的。
兵卒乙　這樣對嗎？兩個同夥詐騙，一個做公主、一個做比丘尼？做比丘尼還需要參加詐騙集團？
兵卒甲　不要問這麼多了，找人就是了。（來到白水庵）白水庵，人在這裡，進去。靜善比丘尼？什麼人是靜善比丘尼？
靜　善　（害怕）是、是我。軍爺找貧尼何事？
兵卒甲　妳出來，有事情要問妳。
靜　善　是。

兵卒乙　建炎三年妳人在何處？
靜　善　建炎三年……我在自北國回轉南朝的路上。

兵卒乙　路上可有遇到何人？

靜　善　我遇到公──（突然起疑）軍爺為何要問此事？

　　　（兵卒甲一個巴掌打過去）

兵卒甲　囉唆，叫妳回答就回答。

　　　（靜善想回答，可是怕的發抖說不出話）

　　　（老靜善上）

兵卒甲　講話啊！

兵卒乙　好囉好囉，她只是一個比丘尼，哪有見過這種場面？妳不用怕，好好講，我們不會傷害妳。

　　　（靜善做出邊哭邊講的樣子）

老靜善　（唱）滿懷惡意、嚴相逼，
　　　　　　　腳酸手軟、如寒冰。
　　　　　　　若是不講、會喪命，
　　　　　　　窮究往事、為何情？
　　　　　　　實言甘會、傷害公主？
　　　　　　　皇親料誰、敢欺凌！
　　　　　　　一五一十、說分明，
　　　　　　　不敢隱瞞、只求安寧。

兵卒甲　事情這樣就很清楚了。剩下的事情，你處理處理。

兵卒乙　知道了。

兵卒甲　我們先回去覆命。

　　　（眾兵卒下）

兵卒乙　（煎熬）靜善師父，得罪了。

靜　善　（恐懼）軍爺想要做什麼？你不是說不會傷害我？我認識公主，你、你不要胡來。

兵卒乙　（拔刀）公主都自身難保了，我也是無奈，皇命難違。

靜　善　軍爺、軍爺……

（靜善手持念珠，不斷唸誦）

兵卒乙　（舉刀）望妳來生尋個好所在託生。

靜　善　（恐懼的誦經，不一定要唸完）或在須彌峰，為人所推墮；念彼觀音力，如日虛空住。或被惡人逐，墮落金剛山；念彼觀音力，不能損一毛。或值怨賊繞，各執刀加害；念彼觀音力，咸即起慈心……

兵卒乙　唉。靜善師父，妳走吧。從此改名換姓，莫再做個出家人，還俗去吧。

（兵卒乙下，靜善痛哭下）

老靜善　（唱）倉皇逃離、白水庵，

　　　　　　　拋卻名姓、一夜間。

　　　　　　　皇城傳出的消息，

　　　　　　　靜善聽聞、淚潸潸。

　　　　（白）他們說，福國長公主，是一名叫靜善的比丘尼假扮的。靜善在逃難路中，遇到曾經伺候公主的宮人，從宮人那邊聽聞公主的過往，又知曉自己的面容與帝姬有七分相似，所以假稱公主回朝——

（更老的太后、宮人上，到寺廟拜拜）

宮人甲　二十年了，太后每年這個時候都親自來到白水庵祭拜，是為什麼人呢？

太　后　（唱）當年相遇、在邊境，
　　　　　　　三人扶持、避金兵。
　　　　　　　不得同歸、是我命，
　　　　　　　天涯兩處、各自行。
　　　　　　　造化弄人、分死生，
　　　　　　　為子顏面、斷舊情。
　　　　　　　桃花開時、滿落英，
　　　　　　　思念如潮、亂心胸。
　　　　　（白）是為了北國的兩位朋友。
宮人甲　太后是不是很思念他們？
太　后　難以忘懷。

老靜善　公主死後很多年，我還是時常想起那一天、想起公主。後來我終於明白，有人希望「柔福帝姬」死在北國，那個逃回南朝的假公主、就只能是貪慕虛榮的比丘尼，知道這件事情的人都得死。
　　　（太后拜拜完，與靜善錯身之際覺得似曾相似）
太　后　妳是……（認出）是妳……！（愧疚激動也高興）妳沒死、妳沒死……
　　　（太后在下面唸白唸完前，找時間下）
老靜善　（不是與太后對話的）是恐懼讓我不敢不說與柔福帝姬相識之事，也是恐懼讓我只能沈默，任由福國長公主背負著「莫須有」的罪名。從此以後，我再不能是靜善，而公主也再不能是公主。

（唱）遠遠地天邊、夜月淚濛濛,
　　　吹過了一陣陣、凍骨的霜風。
　　　忘不了的過往,
　　　誰人憐我、一生似飛蓬。

（劇終）

《當時月有淚》創作報告

一、創作或展演理念

　　2018下半年,一心戲劇團邀我為一心的雙小生寫一齣新戲。我與一心的緣分起源於王安祈老師將我在臺大戲劇所的碩士畢業作品京劇《祭塔》推薦一心改編為歌仔戲《千年》,非常感謝安祈老師的肯定以及一心的「勇於挑戰」,才使得這本沉睡在圖書館的作品,有機會搬上舞臺。《千年》的創作過程是這樣的:由我將京劇本《祭塔》重新修編交給一心改為歌仔戲本,而後在「尊重一心意願」的前提下,將歌仔戲本一些理路不順的地方修改過。

　　自從加入劇場工作以來,我一直在博士學位、養育兒女、準備學校教學課程當中浮沉掙扎,沒有多餘的力氣盯在排練場上,因此我很早就不太去堅持一些細節上的更動了,畢竟排練場是導演的戰場,我若盯在排練場上,要堅持還有得說,既然沒有時間,只能在信任的前提下充分尊重劇團的決定。《祭塔》中白許二人初見一場,白素貞發現眼前人不是許仙後,卻因為太著迷於這一剎那的美好(既是重逢的喜悅、卻又有初見的悸動),順著許仕林半推半就的說自己不是「白素貞」,而是一個在塔中灑掃的年輕姑娘「霜兒」,兩人便出塔去了。白素貞一片痴心對人間落得如此收場,許仕林毫無選擇被迫站在人、妖兩個世界中的夾縫,

都是游離在邊緣之人。這一刻他們明知彼此是誰，卻又扮演彼此的陌生人，寧願一同走向不歸路，也要守住此刻在對方身上感受到的接納，這個時刻是極富自覺的。而在《千年》中，為了怕觀眾反感，劇團決定改為讓白素貞被許夢蛟徹底瞞騙，直到小青回來點破白素貞，時間已經過了 20 年，而她的許仙也不是許仙。

我能明白這樣的考量，卻也知道讓白素貞分不清眼前人是許仙還是許夢蛟，絕對會引人質疑與詬病，但我還是只能叫自己「放下吧，不要執著」，「專業地」盡量修補明顯的漏洞——比如，原來《祭塔》中白素貞不是白素貞，當然就不必處理當年她與許仙生的小孩到哪裡去了，但是《千年》裡面如果完全沒有白素貞關心許夢蛟的下落，不就太荒唐了嗎？於是歌仔戲本中我在兩人把事情說破後，加了句台詞，把漏洞補上，讓假扮許仙的許夢蛟謊稱自己夭折了：

白素貞：為何你說夢蛟夭折了，害我傷心這麼久……

這樣的工作態度，一直都覺得沒什麼問題，作為一個不太參與排練的編劇，我的戰場在會議桌上就結束了，全本確定後進入排練場如果還要更動，就應該要以場上的考量為優先，但是我現在覺得可以有更負責的作法，應該先試著盡量溝通、取得共識，真的沒有共識的時候，再為了大局退讓不遲。

與一心合作《千年》的經驗非常愉快，喜歡一心對劇場藝術的用心、企圖心還有踏實純樸的團風，2018 下半年，一心邀我寫一齣全新的歌仔戲，我也覺得是學習精進閩南語唱詞的好時機，於是有了 2021 年的《當時月有淚》。

由於一心有其他歌仔戲劇團少有的雙小生掛頭牌,在挑選題材考量劇目的時候,滿容易走向打破歌仔戲習慣的生旦戀愛敘事模式。這一回的合作便是劇團首先想到,希望寫岳飛與宋高宗的故事,而我由於早先曾經注意過「柔福帝姬」,當下立刻決定要以柔福帝姬為樞紐,寫出一個不同於京劇《滿江紅》的岳飛與高宗故事。可能因為參加劇場工作以來,邀約編寫的劇目都是屬於女性抒情一類的,我自認的強項「歷史剪裁」都沒有什麼發揮的機會,只是沒想到一發揮就是這麼複雜的故事。

二、學理基礎與內容形式

　　歷史故事向來是戲曲劇目中的大宗,我處理歷史題材有個習慣的作法,如果史書是對真實人生第一度失真的再現,那戲曲舞臺就是第二度失真,是失真的再失真,而我發現只要回到第一度失真,通常就能為題材找到重說這個歷史故事的新意。我對岳飛與宋高宗最主要的認識來自於袁騰飛 2009 年在百家講壇錄製的節目《兩宋風雲》,講的是歷史、更是人情世故。史書呈現的人物不是戲曲忠奸二分的純然美學,簡單純然自有其美,但人物的立體化也是對舊有故事的新詮釋。《當時月有淚》的寫作如果說有一個核心意念,那就是打破戲曲舞臺流傳下來的人物形象,重新描寫這一特定時空之下主戰主和、北伐與否的矛盾。主要角色不再是岳飛與秦檜,而是過去正邪二元對立下、躲在秦檜背後的宋高宗,以編劇的角度來看,整齣戲寫得最精彩的人物就是宋高宗了。

　　宋高宗,一般人對他的印象是一個膽小怕事、忠奸不辨、不

願意岳飛恢復中原,只想維護自己既得利益(皇位)的懦弱皇帝。但是他一開始就是這樣的人嗎?簡單引述兩筆材料,會發現歷史記述提供了一個更有張力的宋高宗:

> 〔高宗〕資性朗悟,博學強記,讀書日誦千餘言,挽弓至一石五斗。[2]
> 初,金人講和,要一親王為質,朝廷議從其請,上召諸王曰:「誰肯為朕行?」康王越次而進,請行。康王英明神武,勇而敢為,有藝祖之風。將行,密奏於上曰:「朝廷若有便宜,無以一親王為念。」既行,邦昌垂涕,康王慨然曰:「此男子事,相公不可如此。」邦昌憨而止。[3]

這兩條史料都呈現了宋高宗文武雙全又有膽識的面向,甚至臨行前還表示「如果有任何對金人用兵的時機,不要為了顧慮他而錯過」,肯為大局犧牲自己,這便讓我覺得,如果把他前後性格轉變的過程描寫出來,想必能夠寫一個令人耳目一新的宋高宗。

而岳飛,袁騰飛在《兩宋風雲》中生動的講述了一個身負大將之才、英勇無比,卻違拗軍令、擅自作主的岳飛,就以我寫在劇本中的一段情節為例:

> ……金軍戰鬥力也正盛,兵力又幾倍於宋軍,宋軍打得非

---

[2] (元)脫脫等撰;楊家駱主編,《宋史・高宗本紀》,漢籍電子文獻資料庫,2022年1月28日讀取。
[3] 三朝北盟會編/卷030。起靖康元年正月十一日丁丑盡二十日丙戌

常吃力,與金軍僵持了幾天幾夜。最後王彥害怕被金軍合圍,命令部將趁夜突圍,準備撤軍。但是,岳飛卻拒不聽令,他率領自己手下的五六百人,又殺入金軍的陣營,跟金軍打了起來。據史籍記載,岳飛手持丈八鐵槍,一個人在金營殺了幾進幾出。……身上時幾處受傷,仍然裹傷再戰。激戰中,岳飛曾向王彥請求援兵,但沒有得到王彥的回應。王彥因為岳飛不聽將令,心理十分憤恨……[4]

還不是「什麼人」的時候,岳飛就敢憑著自己的判斷拒不聽令,這性格中的我行我素再加上低政治敏感度,遇見的君王又是受盡驚嚇與不安的宋高宗,可以想見悲劇早早就注定了。我把主戰主和的大問題改以兩人之間相處的不理解與摩擦取而代之,那些「立場」的背後就多了活生生的血肉。

《當時月有淚》我這裡最後的定稿是以太后、公主、靜善三女從北國逃亡回南朝為開場的,實際上在初稿中,這部分原先是擺在第二場。第一場後來因為戲太長被拿掉,拿掉的內容寫的正是上述兩人性格的墊基打底,是在敘事者的獨白中分別呈現兩段宋高宗與岳飛的過往,而後再讓曾經是年少而充滿希望的彼此錯身而過。戲太長拿掉後的彌補方式,只能改由其他角色口頭敘述了。拿掉了第一場宋高宗的人物性格就沒有我原先想呈現的發展面向,而岳飛那種漠視軍令的自信也沒有能夠呈現。這是損失之處,而換來的是結構有刮號般的整齊,開場是三女逃亡,結尾也是由公主的鬼魂、太后與靜善劃下句點。

---

[4] 袁騰飛,《兩宋風雲》,西安:陝西師範大學,2009,頁129-130。

以下是拿掉的第一場：

（舞臺一側是戰場，是青年「岳飛」與長官「王將軍」正要爭論退兵，定格畫面）
（舞臺另側是宋宮至金營，是青年「宋高宗」正要安撫著哭哭啼啼的母親「韋賢妃」，定格畫面）

老靜善　（唱）遠遠地天邊、夜月淚濛濛，
　　　　　　　吹過了一陣陣、凍骨的霜風。
　　　　　　　星辰下的人、有聽到他們佇講，
　　　　　　　講他們佇故鄉做過的夢、夢醒攏成空。
　　　　　　　前途後路、皆茫茫，
　　　　　　　一望無窮、是北國的寒冬。
　　　　　　　金碧山水、盡搖落，
　　　　　　　何年會當、再相逢？
　　　　　　　忘不了的過往，
　　　　　　　誰人憐我、一生似飛蓬。

（帶髮修行的老婦「靜善」上，她是全劇的敘述者。這一場在誦經聲中，交錯演出岳飛、高宗的年少往事）

老靜善　這個故事，是關於岳飛與宋高宗。他兩人的故事若是要簡單來說，便是一闋《滿江紅》，不過，就算是一個很簡單的故事，你若是斟酌看，裡面一定會有一個、兩個、三個、很多個沒有說出來的故事。

（走到宋高宗旁邊）他是九王爺康王趙構，日後的南宋高宗，現在他認為自己是唯一能替父兄分憂的兒子與小弟，以後他會很想把他的父親與兄長徹底放袂記。

（走到岳飛旁邊）他是岳飛，很有能力，出生就是為了橫掃戰場，但是，在戰場以外的世界，他很單純，親像小孩那麼單純。

我呢？我是誰？現在我是說故事的人，稍等我就是故事中的人。有人說，我是一個貪慕富貴、假冒公主的比丘尼，也有人說，根本沒我這個人。若是一個故事有好幾種說法，什麼是真、什麼是假，追究它也沒什麼意義囉。

（老靜善下）

（「戰場」側舞臺）

岳　　飛　王將軍，我們已經渡過黃河，此時此刻，千萬不可撤退。

王將軍　岳將軍，我知道你很厲害，不過我們只有七千人，外面的金兵有五、六萬人，就算你再能打，難道打得贏五、六萬人嗎？還是聽從軍令，速速撤兵。

岳　　飛　現在撤退，金兵會知道我們只有幾千兵馬，我已有方略在心，趁我軍狀況金兵未明，將七千人分做三路，一路——（被打斷）

王將軍　好了，我是你的頂頭上司，軍令已出，撤退就是。

岳　　飛　哼。

（岳飛怒下。王將軍下）

（「宋宮」側舞臺）

韋賢妃　（哭哭啼啼）為什麼你一定要去？太上皇除了皇上，還有三十個兒子，平常時都沒有人想到我們母子，為什麼要送死的事情就是你？

康　王　母親，妳先別哭。金兵已經包圍汴京，皇上願以財物與割地換得與金兵議和之機，不過他們要求要有宰相、親王作人質，同往金營，方肯罷休。母親，如妳所言，妳我母子從來不曾有太上皇的關愛，今日皇上在朝上問遍宰相與眾親王，誰人敢去？誰人願去？卻無一人敢作聲。

韋賢妃　你自細漢就不是愛出風頭的人，為什麼今日偏偏要應聲展風神？

康　王　孩兒以為，事情未有定論。前往金營，也未必是死路一條。說不定這是妳我母子的機運，皇上今日不就將母親的品秩由「婉容」升至「龍德宮賢妃」囉。

韋賢妃　這是拿你去作人質換回來的，我才不希罕。

康　王　母親是要在這裡繼續哭，還是要陪孩兒收拾衣物？

（康王幫韋賢妃擦乾眼淚，二人下）

（戰鼓聲響，岳飛率領數百人，違令殺入金營、來回衝突）

岳　飛　眾軍士，隨我殺入金營，給他們一個措手不及。

金　軍　（唱）天降神兵、一瞬間，
　　　　　　　戰馬驚慌、人膽寒。
　　　　　　　宋軍何來、如斯猛將？
　　　　　　　所過之處、刀劍摧殘。

岳　飛　（唱）兵力懸殊、又何妨？

歌仔戲劇本《當時月有淚》　067

>
> 勝負不在、一回戰功。
> 出奇不意、來回衝突，
> 佔盡先機、難擋銳鋒！

宋　軍　（唱）粉身碎骨、也不惜，
　　　　　　　只要家國、得清寧。
副　官　岳將軍，外圍金兵越來越多了。
岳　飛　好，傳令下去，準備突圍回轉宋營，傳令官何在？
傳令官　岳將軍有何吩咐？
岳　飛　擾敵功成，將戰情稟告王將軍，並請他派兵來接。
傳令官　領命。

　　　（傳令官下）

岳　飛　眾兄弟，隨我突圍。
　　　　（唱）重重包圍、隨定我，
　　　　　　　馬蹄黃沙、踏出歸途。

（岳飛、宋軍、金軍下）
（場景：金營）
（康王上，隨後金兀朮率眾軍上）

康　王　（唱）懷抱著幾許、淒涼的豪情，
　　　　　　　邁步而去向金營。
　　　　　　　飛蛾撲火、分破帝王憂，
　　　　　　　賭上我、輕如鴻毛的死生。
金兀朮　（唱）眼前之人、器宇軒昂，
　　　　　　　難料想、伊是宋國親王。

康　　王　（唱）眼前之人、威勢赫赫，
　　　　　　　　左右兩廂、赤眼圓睜。
　　　　　　　　似豺狼、威風逞，
　　　　　　　　將我當作了、小羊羔、嗚嗚哀鳴。
　　　　　　　　忽然一陣、感慨生，
　　　　　　　　宋宮何曾、此風景？
　　　　　　　　願將我、看入眼裡睛，
　　　　　　　　我也有、這一日的光榮。
金兀朮　（唱）他神色得意、無所懼，
　　　　　　　　虛張聲勢、假做大丈夫。
康　　王　（唱）哪怕是、嗚呼一命，
　　　　　　　　也為母親、爭美名。
　　　　　　　　我要向、父兄證明，
　　　　　　　　誰才是、翔空雄鷹。
　　　　　　　（看著金兀朮）
　　　　　　　　料他便是、金兀朮，
　　　　　　　　鐵胎寶弓、配豪英。
金兀朮　你是何人？
康　　王　本王乃當今皇上九弟康王。你想必是金兀朮將軍了。
金兀朮　正是。（頓）這張鐵胎寶弓，喜歡嗎？
康　　王　是男兒誰不愛名劍寶弓？
金兀朮　哈，好大的口氣。（拿下寶弓）白面書生，你來試看看，拉得開，它就是你的。
康　　王　（接過寶弓）將軍好爽快，那就不能說本王奪人所愛囉。

歌仔戲劇本《當時月有淚》

（康王在這一側準備試弓，另一側王將軍與岳飛傳令官上）

傳令官　稟王將軍，岳將軍率領數百人，來回衝突金軍大營，金營將軍各斬殺一名、生擒一名，殺得金營大亂，正在調集兵力圍困岳將軍，請王將軍領兵外圍接應。

王將軍　（氣得發抖）你說啥？

傳令官　請王將軍領兵外圍接應。

王將軍　岳飛啊岳飛，你以為你很能打，就能夠違抗軍令？哼，你既不聽軍令，我為什麼要賠上我的人馬去接應？有本事自己進去，就要有本事自己出來。

（王將軍下）

傳令官　將軍、王將軍！

（傳令官隨下）

（岳飛率領人馬衝上）

岳　飛　（唱）不肯接應、又如何？
　　　　　　　一條血路、要認得、我手中的槍刀。

康　王　（唱）沉聲一喝、膽氣強，
　　　　　　　誰怕它、三石力、鐵胎寶弓。

（康王拉滿空弓，突然轉身對著金兀朮）
（遠方傳來大雁鳴聲，岳飛抬頭看著天空的大雁）

岳　飛　（唱）忽聞大雁、翔空鳴，
　　　　　　　雙翅盡展、萬里平。

　　　　　　　何處是我、棲身地？
　　　　　　　向南往投、宗澤行。

（岳飛下）
（大雁再鳴，康王轉將空弓對準大雁）

康　王　箭來！
金兀朮　（豪氣）給他！
　　　　（金兵遞上弓箭，康王一箭射下大雁）

金兀朮　（唱）迴身一箭、大雁落，
　　　　　　　魚目混珠、假親王。
　　　　（白）哼，宋王真是不老實，送一個假親王來作人質。
　　　　　　　本王敬你是一個英雄，你回去，叫宋王派一個真
　　　　　　　正的親王來。
康　王　喔？哈哈。既然如此，本王多謝金兀朮將軍的款待囉。

（康王邁步踏出金營）
（岳飛上。兩人錯身之際，意識到彼此的存在）
（說書人上）

康　王　（唱）少年將軍、英雄種，
　　　　　　　滿身血污、猶原是、意氣飛揚。
岳　飛　（唱）少年公子、好風采，
　　　　　　　闖龍潭、也敢從容、虎穴中。
康、岳　（合）若能結交、人中龍，

扶天下、他為擎天柱、我便是架海樑。

老靜善　這個曾經除了母親一無所有、也一無所懼的，是康王趙構，一年之後他將會登基，成為南宋偏安王朝的第一人。而他是岳飛，比他大了四歲，生來便註定在戰場之上大展身手，只為揮師北上、殲滅胡虜而活。這，是他們各自的過往與夢境。若是世間萬事皆如此刻純粹，他欣賞他、他敬佩他，又怎會有後來呢？

（康王、岳飛下）
（轉場之間獨留老靜善在台上）

　　不知是否由於宋高宗轉變心境的動機（想北伐到不想北伐）在劇中因為層層事件而顯得相對飽滿，劇團滿想為岳飛找一個他堅持北伐的理由。這是當初我在修改上覺得比較困難的地方，說一個人「要」如何的動機為什麼那麼強烈，是該怎麼給他一個理由呢？我試圖用因為岳飛很有能力解釋，他清楚的意識到這是他的天命，這件事情他若不做、其他人就做不來了，如同《穆桂英掛帥》「我不掛帥誰掛帥，我不領兵誰領兵」，但劇團覺得這個理由放在舞臺上不夠強烈。而後加上了因為岳飛母親與老師對他的教育與叮嚀，希望能為他找一個強烈的動機⋯⋯此處的調整並沒有說服我，不過，劇團的觀點其實代表著歌仔戲觀眾習慣的敘事模式，我也就隨岳飛去當媽寶師寶了。

　　相較於宋高宗、岳飛這兩個角色追求歷史還原度，「柔福帝姬」則是就歷史材料進行想像的塑造。柔福帝姬是宋徽宗 34 個

女兒中最為傳奇的一個,《宋史》記載:

> 又有開封尼李靜善者,內人言其貌似柔福,靜善即自稱柔福。蘄州兵馬鈐轄韓世清送至行在,遣內侍馮益等驗視,遂封福國長公主,適永州防禦使高世榮。其後內人從顯仁太后歸,言其妄,送法寺治之。內侍李愒自北還,又言柔福在五國城,適徐還而薨。靜善遂伏誅。柔福薨在紹興十一年,從梓宮來者以其骨至,葬之,追封和國長公主。[5]

在汴京皇族除了宋高宗都被擄至金國後數年,居然有個女子自稱是自金國逃回來的柔福帝姬。韓世清將她送到高宗所在之地,又讓過去見過柔福帝姬的內侍馮益等人確認真實身份,之後封為福國長公主。大概有十年的時間都沒有人懷疑過她的真假,直到太后要回朝了,才開始陸續有人指稱這是個假公主。於是「真相大白」,「柔福帝姬」原來是開封的女尼靜善假扮的。

在當時就有筆記材料如宋人葉紹翁所著《四朝聞見錄》記載時人一種說法,懷疑被處死的柔福帝姬是真,硬要說她是假的,乃因柔福知道即將回朝的太后、在北國的舊事:「或謂太后與柔福俱處北方,恐其訐己之故,文之以偽,上奉母命,則固不得與之辯也。」我也認為帝姬是真非假。在《公主列傳》中提到「遣內侍馮益等驗視,遂封福國長公主」,認錯皇親的「馮益」,後來「下場」如何呢?

---

[5] (元)脫脫等撰;楊家駱主編,《宋史・公主列傳》,漢籍電子文獻資料庫,2022年1月28日讀取。

先是，偽柔福帝姬之來，自稱為王貴妃季女，益自言嘗在貴妃閤，帝遣之驗視，益為所詐，遂以真告。及事覺，益坐驗視不實，送昭州編管，尋以與皇太后連姻得免。十九年，卒於家。[6]

　　馮益因為「驗視不實」被流放到昭州，結果沒多久卻跟從北國回來的皇太后攀上親戚而無罪開釋、最後安享天年。真公主被打成假公主本身就極有戲劇性，再加上馮益這段記述，讀來似有利益交換的氣味，更加深我對柔福帝姬真假的肯定。我便在其中看見柔福帝姬與岳飛命運的共同點：「為了宋金議和，死了一個真將軍、一個假公主。」這是我寫柔福帝姬的主要關懷。

　　原先我設想《當時月有淚》有四個重要的角色，除了宋高宗、岳飛、柔福之外，第四個是「靜善」。靜善在《宋史》中是假冒真公主的女尼，我便想，如果公主是真的，那「靜善」是不是可以真有這麼個人？於是，我將靜善寫成一個跟公主在亡歸南朝途中結識的同伴，到臨安後兩人便分手，直到紹興和議太后回朝後，有一天在靜善修行的白水庵突然來了數個兵卒，他們要殺靜善滅口：如果公主是女尼假扮的，那女尼就不能活在世上。然而其中一個兵卒心軟，偷偷放靜善離開，要她「從此改名換姓，莫再做個出家人，還俗去吧。」這裡就形成一個對比，我寫劇本向來很在乎最後一句對白的經營，如《金鎖記》小劉說：「打從妳一雙腳兒一步一步踏上姜家的花轎，我與妳今生今世再無瓜葛。」或者《狐仙故事》也娜說：「你的身上有我熟悉了一輩子的氣息。」《當時月有淚》的收尾便是年老的靜善回憶起當日說道：「從此

---

[6] （元）脫脫等撰；楊家駱主編，《宋史・宦者列傳》，漢籍電子文獻資料庫，2022年1月28日讀取。

以後，我再不能是靜善，而公主也再不能是公主。」

宋金議和使得岳飛必須死，使得柔福帝姬必須是假的，這是第一層對照；第二層對照是柔福帝姬與靜善都不再能是自己原本的身份，我覺得當中那種此生永難忘懷的悲嘆情蘊用來收尾很是恰當。不過由於劇團似乎傾向度脫型結尾，在《祭塔》改編為《千年》時，已經度脫過青蛇一次，這一回也希望能度脫靜善，不要讓靜善陷於擺脫不了的過往，這種一定要讓觀眾帶著舒緩的心情離開劇場，只能說也算是大團圓敘事模式的一種亞類型吧。

通常寫作歷史劇，比較好駕馭敘事的方法，是有個敘事者、回憶者的角色，這齣戲自然是靜善作為敘事者了。靜善這個角色具有高度歷史感與滄桑心境的，本應是劇中除了宋高宗、岳飛與柔福帝姬之外的要角，但在分派角色的時候，由於是許秀年老師扮演太后，為著演員的感受與戲迷的期待，只得加重原本屬於功能性太后的戲份以及調整角色形象。這一調整難免損傷了戲的肌理，有些場次的節奏也隨之拖踏，特別明顯的感受是，第一次看彩排時，開場的太后、公主、靜善三女逃亡，像是逃了天長地久那麼久。

《當時月有淚》前期排練我無暇參與，後期因為場上的排練本有些地方修改不順，我便要再調整，可是劇團說，演員兩週前已經背好台詞，不能改了，再改會亂掉。幸好飾演柔福帝姬的鄭紫雲是個不可多得的好演員，面對劇場態度積極又上進，所以最後台詞都改在柔福那裡。什麼話什麼人說那一定是不一樣，但不得已的時候，有個人說出來就好，雖然不能取得最好的效果，不過至少保證了理路順暢，也不至於太突兀。劇場，果然是妥協的

藝術。

　　本劇以《當時月有淚》為劇名，主要是想傳達雖寫宋高宗、岳飛故事，但並不是如同傳奇《精忠記》或者新編京劇《滿江紅》一樣突出強調岳飛一片忠心卻遭奸人誣陷，而是想描寫那個時代多少人國破家亡、流離失所的無奈之感，故而取名「當時月有淚」，有天地為蒼生受苦而落淚之意。劇團也喜歡這個劇名，不過會想在劇中看到明確的點題設計。為此在定稿本中特別加了一段宋高宗、岳飛、柔福、太后各自對月詠嘆，在演出本這整段被挪在很奇怪的地方。排戲過程中，導演將劇本中的段落調整順序是很常見的，不過當我發現這段被擺在現有的位置時，再要改卻迫於演出時程已經來不及了。原本寄望高雄大東場能夠改過來，不過臺北場（2021 年 5 月 8-9 日）演完之後一週，全國便進入三級警戒居家隔離，演出只能取消，也就沒能再做調整。

三、方法技巧與創作過程

　　以下分場次重點說明「定稿本」當中能作為經驗總結的方法技巧與創作過程。

第一場

　　第一場柔福帝姬穿梭於敘事者與劇中人的雙重身份，藉以帶出故事的背景。原本安排了龍套角色王娘娘（柔福生母）在被拉往北國路上，病體難支獨留下女兒的一小段戲，而後高宗生母韋娘娘與失去母親的柔福相依為命。但在演出本王娘娘被拿掉了，有點可惜，王娘娘雖然只有兩、三句話，不過可以作為北國路上

宮眷的縮影之一,而且亦能點題「當時月有淚」:

王娘娘　柔福,這條路好冷好冷,母親恐怕走不下去了。留妳一
　　　　個,母親真毋甘（難過、不忍）……（柔福哭泣,俘虜群
　　　　們也跟著低泣）不要哭,柔福,妳不要哭,母親不想聽
　　　　著妳的哭聲離開……
柔　福　我沒哭,那是月娘在哭……
王娘娘　是月娘在哭……

　　在柔福的敘事中,時間過度了三年,轉眼間同樣是在途路之上,卻是太后與柔福趁著金營遭宋軍突襲之後,偷跑出來,路上還遇見一個想回到南方的小尼姑靜善。這殺入金營的宋軍在劇中安排便是岳飛所率領的軍隊,岳飛救下了公主與靜善,太后卻又被金兵抓了回去。

第二場

　　由於拿掉了原來少年熱血親王的開場,宋高宗一上場唱著「父母兄弟皆相失,偏安江南、大宋第一人。殘破江山難喘息,萬千重擔在一身。」便是一副備受折磨的模樣。與近臣高世榮的對話中鋪墊他心底深處對武將的懷疑與不信任:

高　宗　是啊,若不是宗澤、韓世忠、岳飛這些將軍,朕這半壁
　　　　江山恐怕是難保囉……唉。
高世榮　皇上因何嘆氣?
高　宗　不過是想起一件往事而已。那一年兄皇要我二度前往金

營議和,途經河北,為一群百姓所攔阻。

高世榮　微臣記得,當時皇上還是康王,聽說他們是知道皇上要前往金營議和,故而攔阻。

高　宗　他們不願議和,要我留下。當時與我同行的刑部尚書王雲喝叱他們無禮,要他們後退,不要阻了皇上交代的議和……愛卿,你可有想過堂堂一個朝廷命官竟被他們活活打死?

高世榮　唉,恐怕王尚書也沒有料想,百姓會這麼衝動。

高　宗　現場可是還有一個人,眼睜睜看著一切發生……

高世榮　喔?是誰?

高　宗　是宗澤將軍……(陰冷嘲諷)若是沒他為朕攔住百姓,朕不知是否有今日……

　　這段對話寫在高宗見岳飛之前,也為兩人的初會埋下陰影。隨後岳飛帶回柔福帝姬,高宗讓人認認眼前是真公主還是假公主。

第三場

　　簡單的過場,交代柔福帝姬改封福國長公主,並與高世榮成婚。

第四場

　　宋高宗對岳飛的心結開始明朗化,以岳飛接連數次無意識的刺激高宗為這場的主軸。(1)皇城禁軍對岳飛的神采飛揚無限嚮往。(2)高宗當面挑破岳飛曾經說出自己與趙匡胤一樣都是32歲受封節度使,這個細節是歷史記載的。(3)高宗問岳飛對

於北伐（劇本中為讓閩南語好念，都寫北征）的安排，岳飛口口聲聲不離迎回二聖。最後高宗強忍著怒氣離開，而岳飛始終不知道到底發生什麼事了：

高　宗　岳愛卿，你放心好好打，只盼有生之年能可骨肉團圓。
岳　飛　（頭腦一熱）哈哈，破金之事何須半生？至多三、五年也就是了。
高　宗　（複雜的心情）喔？愛卿如此言說，可是會讓朕喜出望外喔。
　　　　（高宗輕輕的拂袖而去，同時岳飛太感激了，跪下）
岳　飛　末將必定盡心盡……（突然覺得怪怪，抬頭，發現高宗走了）皇上？
高世榮　岳將軍，你今日話多說了幾句囉。
岳　飛　我是說了什麼？

第五場

　　這一場是高宗的夢境。我用夢境把高宗所有的恐懼一次呈現，理路如下：夢境從宋高宗還是康王的時候，親眼目睹王雲被憤怒的百姓打死，而宗澤袖手旁觀。宗澤由飾演岳飛的孫詩珮戴上髯口扮演，高宗原本與宗澤說話，突然發現他變成岳飛，表示在高宗心中，武將都是他恐懼的來源。而後岳飛態度與現實生活中兩極，對高宗說話極為不客氣：

岳　飛　（黑道討債的態度）皇上，你之前答應給我五萬兵馬，你可記得？你為什麼不說話？你可記得？你是要我問幾

歌仔戲劇本《當時月有淚》

次？是要我等多久？

(唱)十萬精兵、岳家軍，
再五萬、舉國便無倫。
這般軍力、在掌中，
兵鋒所指、誰敢不順？
親迎二聖、入宮門，
坐龍椅、也要我恩准。

高　宗　(唱)事事項項、刺痛我的心，
長久介懷、到如今。

岳　飛　你！兵給不給？軍糧給不給？要給就快給、我等不了太久。

高　宗　愛卿，你且冷靜，兵馬一定會給你，我當然也是很期待你能──(被打斷)

岳　飛　(不耐煩的揮手)煩哪！這樣是要怎麼做事？算了，什麼將軍我不要做了。十萬岳家軍你要給誰就給誰，我不希罕、我通通不要了。

高　宗　(大驚)愛卿，別這樣，大宋朝你最能打，你不要領兵了，我是要怎麼辦？何況十萬岳家軍是你帶出來的、他們認準了你，還能聽別人的嗎？

這段對話中，岳飛跟宋高宗要兵、要不到就翻臉不幹了，是有歷史材料的基礎支撐。同屬「中興四將」的劉光世被解除兵權後留下五萬的劉家軍，高宗本想讓岳飛接收，岳家軍已有十萬，再與劉家軍合併，佔全國總兵力七分之四。岳飛急不可待，高宗卻猶豫了。岳飛不斷追問，高宗又曖昧模糊，而後當岳飛知道高

宗不會把劉家軍給他,一氣之下以母親過世守孝三年為由,請辭離開。[7]

全國戰力最高的將領,只要不合他的意,他便以辭職不幹相應(相脅),任何處於高宗處境的人,都會覺得芒刺在背,受人掣肘。夢境一場就把這種情緒寫了進去。而後,是高宗流落北國的父兄出現了,如同喪屍一般逼問高宗什麼時候才要來接他們,而岳飛一反方才對高宗的囂張犯上,對著徽欽二帝痛哭失聲、激情恭迎,衝突的最高點在岳飛「黃袍加身」:「跟你們說一件事,是有一點巧合啦,太祖皇帝與我都一樣,我們都是三十二歲就做了節度使喔。」(這也是歷史記述)夢境收在高宗的惡夢囈語,「初稿本」中安排替高宗守衛的高世榮聽見驚叫聲進門察看:

高世榮　皇上、皇上?臣得罪了。(進門,來到高宗身旁叫醒)
　　　　皇上、皇上。(高宗醒)皇上,是夢。
高　宗　是夢……這件事一定要做了斷……秦檜秦相國人在何處?

《當時月有淚》沒有秦檜上場,在這裡做了一句重要的交代,在高宗從惡夢中醒來,第一個想見的人便是秦檜。這樣的暗示便已足夠,岳飛的悲劇不只在於昏君奸臣,他自己的性格也是原因。不過由於必須要點題,在「定稿本」就依照劇團的期望,來個四人對月吟詠,高世榮就不適合上場,讓高宗問他一句秦檜人在何處,這句台詞只好拿掉:

---

[7] 袁騰飛,《兩宋風雲》,西安:陝西師範大學,2009,頁168-171。

（眾人突然退去，高宗夢醒）
高　宗　夢……是夢。這件事一定要做一個了斷……
（高宗推開寢宮的門，看著月色）
（福國、岳飛、韋娘娘上）

福　國　（唱）月有淚、月有淚，
　　　　　　　為誰月娘、淚暗垂？
　　　　　　　紅顏半世、空憔悴，
　　　　　　　憑誰為我、論是非？
高　宗　（唱）月無情、月無情，
　　　　　　　寒夜冷光、照滿城。
　　　　　　　戰馬嘶鳴、刀光影，
　　　　　　　飄搖風雨、坐龍庭。
岳　飛　（唱）月光暝、月光暝，
　　　　　　　願借月華、駕長車。
　　　　　　　赤膽中原、好男兒，
　　　　　　　賀蘭山巔、共相期。
韋娘娘　（唱）月暗暝、月暗暝，
　　　　　　　獨向長夜、嘆稀微。
　　　　　　　參商兩別、千萬里，
　　　　　　　今生甘有、相逢時？

　　定稿本原意是唱完這四首之後中場休息，不過「演出本」中，劇團把這四首抒情曲改到「柔福婚事」到「高宗對岳飛不滿」之間，並且調動唱詞，增加念白：

S3-2

　　　（老靜善暗下，另光區一，音樂進，高宗、岳飛騎馬上，小靜善和眾宮人也帶戲緩緩暗下）
高　宗　少康中興　青史留，願效明君　山河收
岳　飛　雄鷹壯志　誓同守，君臣同心　光復燕雲十六州
高　宗　風從虎　雲從龍
岳　飛　遇明君　鳳鳴朝陽，君臣交心　生死與共
宋、岳　黃沙埋骨　談笑中

　　　（燈光場景變化，一輪明月緩緩升起）
岳　飛　皇上你看！
高　宗　月圓了……【五開花】錄S3-03
　　　（唱）月光暝、月光圓
　　　　　　願借月華　駕長車（居字韻）
岳　飛　（唱）賀蘭山巔　共相期，赤膽中原　好男兒
　　　（光區二，柔福望月思嘆）
福　國　【月夜思情】
　　　（唱）月有淚　月有淚，誰為月娘　淚暗垂？
　　　　　　紅顏半世　空憔悴，（韋娘娘抱襁褓的幼兒上）
　　　　　　憑誰為我　論是非？

　　　　　　（白）不知韋娘娘伊現在過得好嗎？
　　　　（光區三，嬰兒哭聲中，韋娘娘抱襁褓的幼兒已經定位）
　韋娘娘　　不要哭……惜惜，（望著月亮，一邊安撫嬰兒一邊
　　　　　　講說）柔福女兒、靜善，你們敢有平安逃回大宋？
　　　　　　趙構我兒啊～可知為娘在金邦多思念你……
　　　　　【代七字二】
　　　　　（唱）月暗暝、月暗暝（居字韻），
　　　　　　　獨向長夜　嘆稀微
　　　　　　　參商兩別　千萬里，今生可有　相逢期？
　四　人　（唱）月有淚、月光圓，飄搖風雨　殘芳霏
　　　　　　　孤夜寒冷　相思碎，何時月圓　人團圓？
　（韋娘娘、高宗、岳飛光區收、暗下）

　　劇團這樣的安排我能揣測用意何在，其一，有點想要把宋高宗與岳飛朝著《曹操與楊修》的套路操作，君臣原本真心相照，後來卻因為性格因素而走向悲劇。所以，要在岳飛帶回柔福到高宗心結明朗化之間的蜜月期，來一段君臣攜手想望美好的未來。這一點可以再商榷，陷入套路不會為這兩個人之間的愛恨情愁加分。其二，太后只有一頭一尾出現，戲份不太夠。於是中間讓她抱個嬰兒出來一下。抱嬰兒是劇團安排的，怕觀眾迷迷糊糊不知道太后的「秘密」到底是什麼。

　　我雖然覺得這種為了追慕曹楊的改動是多餘的，但不是不能接受。我寫劇本非常重視合理性，劇團安排的這一段，想要表現的東西太多了，既要追慕曹楊同時還要點題、塞個月亮在裡面。

由於舞臺上時間過度非常不明顯，整段看起來就很像是半夜宋高宗睡不著，找岳飛出去聊一下收復燕雲十六州的事情；而後一連串的戲，都發生在晚上。包括福國贈送佛珠給靜善（不在我原先安排內，是因為劇團傾向度脫風，所以靜善一定要拿著福國給她的佛珠，沒有其他場次可以給了，只能在這裡給）、高宗與高世榮先後探望福國……君臣夜裡騎馬，未婚夫妻夜裡培養感情……只能說「都是月亮惹的禍」啊。如果當時高雄場沒有取消演出，我會希望這段一定要改掉。

　　回到夢境這場，初稿本有一句「秦檜秦相國人在何處？」，定稿本為了對月吟詠拿掉了。劇團的對月吟詠擺在更前面的位置，可是高宗夢醒之後，說的不是我原先安排的台詞：

高　宗　（白）（怒吼）岳飛啊～～
　　（眾人對岳飛眾星拱月地膜拜，高宗孤獨光區怒吼）

　　我比較喜歡高宗問秦檜何在，因為這樣扣住了原先岳飛故事中的反面角色，間接提示觀眾，正邪對立的版本背後，隱藏著《當時月有淚》高宗對岳飛的心結，更多層次的展現了高宗的心思，直指岳飛則顯得單一、但卻更有感染力。如果是京劇，我覺得比較適合在惡夢醒來之後，不問岳飛問秦檜；但歌仔戲在它習慣的情感處理上，這裡如果是問秦檜在哪裡、似乎會讓夢境的情緒冷下來，不如咬牙切齒喊一句「岳飛啊」，更符合歌仔戲的劇種特色。

第六場

　　這一場主寫岳飛認為自己想到一個好方法，可以解決高宗不願北伐的心結，沒想到卻徹底觸怒高宗。這一場也是歷史材料導向的寫法，收在福國點出兩人關係的癥結點：「（悲傷的）岳將軍，你本是行伍中的末卒，不過十年便官拜太尉，可曾想過，皇上是寵你呢？還是怕你呢？」

第七場

　　前一場君臣之間的衝突已是無可挽回，也該是唱一曲《滿江紅》的時候了。比較特別的寫法有二：第一，朱仙鎮與十二道金牌不實演，而是第六場轉到第七場的時候，岳飛已然因謀反下獄，朱仙鎮種種以岳飛一曲描述，整本劇本，我最喜歡的唱詞有兩處，開場時候的「遠遠的天邊」：

韋娘娘　（唱）遠遠地天邊、夜月淚濛濛，
　　　　　　　吹過了一陣陣、凍骨的霜風。
　　　　　　　星辰下的人、有聽到他們在講，
　　　　　　　講他們在故鄉做過的夢、夢醒攏成空。
　　　　　　　金碧山水、盡搖落，
　　　　　　　何年會當、再相逢？
　　　　　　　前途後路、皆茫茫，
　　　　　　　一望無窮、是北國的寒冬。

　　曲中還用北宋山水畫的主要畫法「金碧山水」來形容靖康之

難的顛倒變局。原來是給靜善唱的,還有兩句「忘不了的過往,誰人憐我、一生似飛蓬。」許秀年老師飾演太后後,便拿掉末兩句、給太后唱了。第二首喜歡的唱詞,便是岳飛入獄唱的:

岳　　飛　（唱）彼一日、大軍行至、朱仙鎮,
　　　　　　　　忽來快馬、破風塵。
　　　　　　　　眼望汴京、四十里,
　　　　　　　　十二道金牌、緊相鄰。
　　　　　　　　道道金牌、急相迫,
　　　　　　　　迫我大軍、不得行。
　　　　　　　　車輪倒轉、馬哀鳴,
　　　　　　　　十年心血、盡凋零。
　　　　　　　　哭聲震天、動汴京,
　　　　　　　　城中父老、皆相應。
　　　　　　　　此地一去、百年遠,
　　　　　　　　今生要見、再不能!

　　不實演十二道金牌,理由也非常簡單,除了我寫不出什麼新花樣之外,這一個場次實拉出來,那一定就是滿台悲憤、直陳痛罵奸臣昏君,這不是我要的氛圍。劇團建議這裡可以讓高宗探監,這個建議很好,第六場高宗翻臉後,的確需要兩人再會面一次,第二個比較特別的寫法,就在於我把《滿江紅》讓高宗、岳飛共唱。在被拿掉的第一場中,兩人曾經有個虛幻的錯身而過,並且相當肯定彼此都是人中龍鳳;劇團後來用類《曹楊》交心的作法某種程度上也是補這個第一場的虛寫。不管是哪一種寫法,這裡

讓兩個人共唱《滿江紅》也是呼應了兩人曾經有著一樣的夢。

第八場

　　岳飛死在七、八場之間，第八場太后回朝、處死柔福。當柔福知道難逃一死後，已被處死的岳飛上場，當年是岳飛送柔福回南朝，如今也由岳飛陪柔福黃泉一程：

（岳飛上。靜靜的看著福國）
（福國抬頭看見岳飛）
福　國　（不是強烈的控訴，是悲哀）岳將軍，你的是非曲直不
　　　　出百年必定會還你清白，而本宮，恐怕千秋萬世都要背
　　　　負著罪名了。
岳　飛　公主受委屈了，不論如何、不論要往哪裡而去，我都會
　　　　相送一程。

　　此處我以「宋金議和」云云以及「相送一程」來暗示兩人命運的相似。王安祈教授認為這是我編劇作品的一個里程碑，特別肯定了我處理岳飛與柔福的「一筆雙寫，相互映照」：

　　　　一開始我想，雪君這劇本在岳飛故事裡加了真假公主懸疑
　　　　波折，一定很好看。而我好奇的是，岳飛和柔福兩條線
　　　　怎麼揉在一起？後來看完非常佩服，不是雙線如何交織，
　　　　而是一筆雙寫，相互映照。王照璵說的，一筆雙寫岳飛和
　　　　柔福。兩人處境如此相似，走在命運最無奈迴旋處。……
　　　　我曾看過1980年代越劇《血染深宮》，主角雖不叫柔福，

但就是這故事，很感人很好看。以前讀這個劇本很感人，當雪君如此寫作時，將柔福帝姬寫進岳飛高宗時，已然翻高好多層次。寫出的世情的冰冷，並且十分悲憫。沒想到當時月有淚太厲害了格局完全不同。趙雪君已然進了一大步！向各位創作群與演員致敬！[8]

第九場

第八場我們看見了岳飛與柔福之間命運的相似性，第九場則是柔福與靜善的重影。

當韓世忠問秦檜到底岳飛有什麼罪？秦檜回答：「其事莫須有。」「莫須有」現代的用法指「實際上不存在或憑空捏造的罪名。」但在秦檜的語境當中，卻沒有個能取得公認的說法。在《當時月有淚》中我選擇的是「難道沒有嗎？」所以高世榮與柔福探監時說了：「韓世忠將軍忿忿不平向秦相國質問，究竟是哪一件事情讓岳將軍犯了謀反之罪？他要秦相國說個清楚，秦相國卻只以一句『難道無罪麼？』就要韓將軍離開。」而後在第九場，靜善被迫拋棄名姓，就用了「莫須有」的現代常用法：

（更老的太后、宮人上，到寺廟拜拜）
老靜善　以後很長很長的日子，我時常想起那一天、想起公主。後來我終於明白，有人希望「柔福帝姬」死在北國，那個逃回南朝的假公主、就只能是貪慕虛榮的比丘尼，知

---

[8] 【元璞玩樂誌】戲曲的絕代風華安祈戲說　EP13＿歌仔戲、當時月有淚｜王安祈，2021年5月11日，player.soundon.fm/p/df6c6dbd-5039-473a-98fe-83249dfe5ee0/episodes/5f7f8a4b-bbfe-4533-8ffb-77924f5b896f，2022年1月4日讀取。

道這件事情的人攏要死。
　　（太后拜拜完，與靜善錯身之際覺得似曾相似）
太　后　妳是……（認出）是妳……！（愧疚激動也高興）妳沒死、妳沒死……
　　（太后在下面唸白唸完前，找時間下）
老靜善　（不是與太后對話的）是恐懼讓我不敢不說與柔福帝姬相識之事，也是恐懼讓我只能沈默，任由福國長公主背負著「莫須有」的罪名。從此以後，我再不能是靜善，而公主也再不能是公主。

　　劇團演出本有一個值得讚賞的設計：

老靜善　（微笑）你認錯人了，我不是什麼靜善……
　　（自己細語）也不能是靜善
太　后　（揉眼懷疑又複雜心思）靜善……是我認錯人了，唉～老了老了……（喃喃自語）

　　原先希望收在靜善與柔福都失去了自己的名姓，沒有特別處理太后。劇團讓靜善回應的這兩句真的是精彩，使得靜善失去名姓的原因更突出。比較可惜的是太后的回應，演出本中太后聽到靜善說「也不能是靜善」，應該就明白了往事不堪提起，所以推託給年歲；這樣有韻味的處理，我雖然特地向導演提醒，但可惜的是大概時間不夠，詮釋起來竟真的像是太后認為自己認錯了。
　　希望《當時月有淚》日後有機會加演再次修改相關細節。

京劇跨界劇本《費特兒》

人物表

王后：京劇演員朱安麗飾演
侍女：劇中人王后分飾
南音甲：同飾王后，代表母族的牽絆
南音乙：同飾王后，代表母族的牽絆
王子：男舞者飾演
窈娘：王子的情人，女舞者飾演
女舞者：王后夢境中的鏡像分身，由飾演窈娘的女舞者分飾

（王后的夢境）
（開場時南音曲師已在台上）
（洞穴，地面上有一層薄薄的水。聽得見清晰的水滴聲）
（王后上，不知自己為何在此，她撩起長裙款步踏向洞穴之中，水出乎意料的滑，她必須非常費力才能穩住身形）
（女舞者從另一側同上，做出與王后如鏡像般的動作）

王　后　（唱）雲蓋月隱、正迷離，
　　　　　　　四下蕭然、人語稀。
　　　　　　　此身誰教、不由己，
　　　　　　　地滑水濕、步難移。
南　音　（唱）【五空管Ｃ調】（同最後一首一樣曲牌前後呼應）
　　　　　　　三百六十五個月暗暝，
　　　　　　　有人在此相縈纏。
　　　　　　　是不能還是不願來閃避？
　　　　　　　今也是伊該來之時。

（夢境中的王子上）
（不像王后，從他的舉止，全然感覺不到地面濕滑）

南　音　（唱）只道是雙足已站穩，
　　　　　　　轉眼又是難稱持。
（鏡像女舞者跌倒，並掙扎著要爬起來）
（王子在旁冷冷觀望）
（每回女舞者要起身之時，王子都以粗暴的方式將她撂倒）

京劇跨界劇本《費特兒》　093

王　后　（唱）魄動魂驚悸，
　　　　　　　一回一回、他將我、摺倒在塵泥。
　　　　　　　幾度掙扎、不得起，
　　　　　　　是何人、等閒便相欺？
　　（王后試圖幫忙女舞者，卻反遭王子壓制）
　　（王子轉而將王后壓制在地，臉貼近臉，在最後一刻定格）
　　（王后狼狽地爬了出來）
王　后　是他、竟是他……
南　音　（唱）三百六十五個月暗暝，
　　　　　　　猶是千般難置信。
　　　　　　　難置信，怎會是「伊」做了阮的夢中人。

　　（王后碰觸自己的嘴唇）
　　（女舞者下，王子起身，如雕像般矗立）
南　音　（唱）輕咬朱唇、輕咬朱唇，
　　　　　　　若是他輕咬我朱唇——

　　（舞台上有一張王座）
　　（飾演王后的演員，分飾侍女）
侍　女　三個月，王率領著軍隊離開都城征戰「蒲牢族」已然三個月了，王不在都城的日子，王后日日長吁短嘆。東宮年歲尚小，羽翼未豐，雖是嫡子，卻有個庶出的兄長，虎視眈眈呢。
　　（王子面無表情）
侍　女　戰地傳回的消息一日比一日紛亂，或說王的軍隊不過一

時為敵軍所潰，不日便將重整；或說王已戰敗，正領著殘軍逃回都城。最可恨的一種——也許「他」（指向王子）便是散佈之人——有聲有色地說著王的頭顱是如何高掛在敵城之上。都城之內隱然可見「他」身後的族人蠢蠢欲動，二十年前為王所吞併的「螭吻族」，善戰好爭，視我「嘲風族」如眼中之釘，仗著是王子的母族，意圖昭然。而我的王后，從前堅忍多謀的嘲風族王女，曾以一己之身保全一族免於刀兵，如今脆弱地彷彿不堪一擊。蒼天有幸，為了她與東宮、為了嘲風族，王后終還是勉力提廝精神。

（侍女走向王子）

侍　　女　王子，王后要見您。（王子：為什麼？）這並非一個侍女所能過問。興許是為了近日紛傳的謠言吧。

（侍女告退。王子下）

侍　　女　他向來如此。高傲地不肯多看人一眼。哼。敢不將王后放在眼裡，總該有你受的。

王　　后　他向來如此。高傲地不肯多看人一眼。（頓）昨夜、一宿無夢，倒教我清醒些。記著我是誰、他又是誰。唉……（想到王子，思緒又耽溺了）七年之前，王在我百般慫恿之下，終將他調離都城。名為戍邊、實則流放，並教人日夜嚴密監看。誰料數年來，竟找不出一絲一毫的謀反之意。（嘆氣）王倒是疑了我，大軍出征前夕，一紙詔書快馬發至邊疆，竟將他召了回來。

京劇跨界劇本《費特兒》

（唱）他踏夢而來、侵門戶，
　　　所過之處、盡焦土。
　　　禁不住、把夢中事兒、細細數，
　　　息相近、氣相依、是風絮兩相逐。
（白）他何時到來？（侍女：他沒說）不肯來麼？莫非他當真如此厭惡我？

（王后如此問著的同時，女舞者上，與王子纏綿一番）

南　音　（唱）【相思引】
　　　　愛伊是雙蠶成繭共纏綿，
　　　　不願相離，
　　　　便是昏暝過晨曦。
　　　　世遺也遺世，
　　　　被薜荔分帶女蘿緊相依，
　　　　任雲笑癲狂雨笑癡。

　　　　月中嫦娥（我）實不該將凡情暗窺，
　　　　情思難已，
　　　　情思難已不知如何止。

侍　女　自誕下東宮，為了挫敗這個庶出的長子，王后不知用盡多少心思，到此關頭，卻反來感嘆王子厭惡她。
（女舞者與王子背靠著背，坐下寫信）
（侍女走到女舞者身旁，看著）

侍　女　王子身邊的這個女子「窈娘」，亦是王后安排下的。陪著王子戍守邊境，又隨著王子策馬回朝。
（女舞者將信件及一本書交給侍女）
侍　女　除了密信還有一本書。書是給我的麼？
（女舞者不答，隨即又與王子緊密相依，暫不動作）
（侍女展信瀏覽）
侍　女　七年來，信中所寫之事，已了無新意。興許如此，她開始用心在文詞之上，時而樸素直截，時而華麗繁冗，力圖在週而復始的交纏之中，令她唯一的讀者，（笑）該說是唯二的讀者，讀出每一回的獨一無二。就連王子命門其下三寸的硃砂丹痣，她都替它填過六支曲牌呢。

（侍女來到王后面前）
侍　女　王后，書信在此。
（侍女背過身去改扮王后）
王　后　東宮那邊不知如何了。
（王后背過身來改扮侍女）
侍　女　是，這就去。

（在前往東宮的路上，侍女翻了一下書）
侍　女　《費特兒》？書中說的是極西之地，千百年前，「也」曾有個戀慕繼子的王后。唉呀，錯了錯了，什麼「也」不「也」的。窈娘是何用意啊？

（侍女下。王后抱出一個大箱子，上。《費特兒》被放在箱

京劇跨界劇本《費特兒》　　097

子裡了）

王后　這樣的書信，不知不覺也攢下整整一個匣子了。每一封皆清楚標上年月時日，為的是便於羅列他謀反的憑據。

（王后將書信隨機取出閱讀，漸漸的書信散落一地）

（王后也看到了《費特兒》，卻沒有特別的反應，將書置於書信中，其後書便始終放在后殿之上）

王后　那般高傲冷漠的他，竟是這樣的人。

（在以下唱段中，王后邊讀信邊唱，同時改換姿勢，由站而跪最後側身在這些信上）

王后　（唱）當時初相見，
　　　　　　美哉一少年。
　　　　　　是誰促狹、弄輕弦？
　　　　　　不成曲調、也流連。
　　　　　　收拾情懷、但藏掩，
　　　　　　莫忘了、他的父、紅燭與我、相照面。
　　　　　　從來宮中、多詭變，
　　　　　　寸步小心、寸步艱。
　　　　　　你說長來、他道短，
　　　　　　說成了、彼此不共、戴一天。

　　　（白）（讀信）三月13日。早春猶雪。王子一宿未眠，窈娘徹夜相伴。疑邊境苦寒，起思鄉之心。窈娘探問：既是如此，何不回轉都城？王子無語，緊擁窈娘，二人同寢，直至日落醒轉。王子夢中有淚。（打開另一封信。讀）七月18日。接連數日，皆有邊民為猛獸所傷，王子聽聞，攜弓帶戟，孤

身徑往密林而去。窈娘勸阻未果,歷一夜一日方歸。歸來衣衫破損、皮肉皆傷,更與窈娘耳鬢廝磨,直至氣空力盡再無餘念。(幻想)窈娘呀、窈娘,妳可知我願用十載換妳一日?

南　音　(唱)天涯各自、不相見,
　　　　　　就把個情字、遺落在紅塵邊。
　　　　　　一紙詔書、都城還,
　　　　　　那人兒、只在咫尺間。
　　　　　　熱著心、冷著臉,
　　　　　　全不著痕跡、在人前。
　　　　　　呼息隨風、掠容顏,
　　　　　　足畔泥壤、也相連。
　　　　　　漠然回身間,
　　　　　　可有我、身影入眼簾?
(側身在書信上的王后不知不覺睡著了)

侍　女　啟稟王后,王已殯天。據四門排下的眼線,奉劍將軍日落之前由北門而入,一入城門便讓人跟著,隨後見將軍持令牌入皇城進了后殿。此刻似僅有后殿知曉,卻也瞞不了多久。將軍出了后殿,怕就是向王子那方而去。(頓)此事王子與螭吻族不當知曉。王自出征以來,各種消息眾說紛紜,只要非是奉劍將軍親口所言,任誰也不敢斷定真假。(頓)各方勢力早有準備,待消息確知,翻天覆地只在一瞬之間。不如在后殿了結,免叫螭吻族尋得下手先機。

京劇跨界劇本《費特兒》　099

南音甲　若知吾王沙場殞命赴幽泉，王子他——？
南音乙　后殿了結實難允，盼望王子也知情。
侍　女　（驚訝）您為何猶豫不決，支吾其詞？
南音甲　曲折如何向人言？有了。
南音乙　「吾王心思難測度，也許是詐死一試辨忠奸。」

侍　女　您所言不為無理。奉劍將軍當是誓死護主，苟活而回，的確不能排除是王的試探。此刻還是先應付將軍吧。

（侍女隨王后走到舞台另側。回身，王后走回后殿內室）

王　后　聽聞王殯天的消息，我竟是險些難以自持。只盼奉劍將軍親口叫他知曉，他若知曉——（幻想）有朝一日、若真有朝一日，我與他再不是問安答禮、遙遙相對在朝典，再不怕幾許心事難成言，就是不成言語，也只消眼中意相憐。（警覺）唉呀，且慢。方才我為不肯殺奉劍將軍，急迫之際，說出王興許藏身暗處，教將軍試探於我。雖是情急之下的托詞，卻實有此疑慮。王在，猶保得了我與東宮數年；王若死，我與他或可……唉。

（王后背過身去）
侍　女　（聲音）啟稟王后，王子求見。
王　后　（驚）他來了。
南音甲　他來了。切莫行差踏錯步。
南音／京劇　（對唱）此一時此一刻、斷存亡更別死生。

（王子上。女舞者悄然來到王后身後。王后與王子之間的距離是整個舞台的兩端）

王　后　（唱）邊境歸來後，
　　　　　　　還不曾這般、將他認從頭。
　　　　　　　猶記得、七年前、遠行時候，
　　　　　　　天未明、我獨自相送、在城樓。
　　　　　　　望斷一路、青山岫，
　　　　　　　望不斷、思也悠悠。
　　　　　　（女舞者從王后身後走了出來，彷彿代替王后緊緊的盯著王子）
　　　　　　　比當時、添一點憔悴、三分瘦，
　　　　　　　有別樣的憂愁。
　　　　　　　萬水千山、一時休，
　　　　　　　人正在、目光盡頭。
　　　　　（白）我知你乃是為了王殞天之事而來。（王子：屍骨的問題）王子所言有理，必須遣人迎回王的遺骸。
南　音　（唱）笑在眼角與眉梢，隱微幽昧無人曉。
　　　　　　　王子伊，可是不願阮為難、不問權勢與王位？
　　　　　　　伊不爭、可是為阮也不爭？

王　后　王子所言有理，我心亦與爾同……實不願再興干戈。
南　音　爾心可是與阮同？
　　　（女舞者又更靠近王子了）

京劇跨界劇本《費特兒》

王　后　出征蒲牢本就是王的一意孤行，只不過敗戰之族，此行非徒艱難，更有喪命之危。未知何人能可擔此重任？（王子：我去）王子欲親身西行迎回先王骸骨？你為何做此抉擇，莫非……

南　音　（唱）西方重重有刀兵，也難比都城是非地。
　　　　　　　遠行豈是為多情？
　　　　　　　伊不是、伊不是不敢承認也愛阮，伊是明白人。

王　后　（同時女舞者挨上王子的身體）便是他不敢承認……

　　　　（王后看著王子與女舞者。女舞者慢慢撩撥王子，初時王子不為所動，在以下的唸白與唱曲中，漸漸的隨著女舞者的攻勢鬆動了，終至互動交織）

王　后　不敢承認，乃因不知我實有此心。
南　音　（吟）切莫輕易來忘懷，王的死生猶成疑。
王　后　是死是生，有他相助，弄假成真又有何哉？
南　音　（唱）【四空管F調】
　　　　　　　作繭自縛最堪悲，
　　　　　　　後母怎對繼子說情意。
　　　　　　　「弄假成真」豈是成章順理，
　　　　　　　阮風雨中人怎不知。
　　　　　　　荒唐事說出嘴，
　　　　　　　阮今陷入塵泥。
　　　　　　　不是伊亡便是阮赴死，

萬丈深淵永不見天日。

（在以上的歌聲中，王子與女舞者親密程度益升，同時原本站立原地的王后開始前進。當她來到王子面前，王子與女舞者乍停。女舞者退開，王后面對王子）

王　　后　（唱）我多想、身後無所有，
（王后靠了上去，彷彿說著話，維持一小段時間）
（王子猛然推開王后，力氣之大毫無懸念，王后倒地，王子拔劍向王后，怒視）

王　　后　（唱）不要天、不要地、（王子持劍劃過王后的頸子）
　　　　　就與你、星海泛孤舟。

（碰！王子怒擲寶劍，下場）

南音甲　為他剜心我也肯，他卻說「淫婦無恥、今饒你不死，也只為不肯污血染寶劍」。（嘆氣）真心扯破片片淒紅、他是無情人。

（南音一左一右的將王后扶起，坐上開場至今沒坐過的王座之上。並取來一條紅色的領巾，替王后圍上）

（此處王后侍女彼此對話）

侍　　女　您喉間傷痕與地上寶劍，究竟怎麼回事？
王　　后　是我不該。
侍　　女　事到如今⋯⋯（試探地）王若死──

京劇跨界劇本《費特兒》

王　后　留不得他。
侍　女　王若未死——
王　后　（無奈的）他更無活路。
侍　女　（指地上）憑著他隨身佩劍，王不會不信。

（侍女起身，離開王座向前）

侍　女　一切皆如預料，王果然詐死，只在暗處等著，是王后抑或是王子、會囚禁乃至殺害奉劍將軍？王終究是信王后多些，讓將軍先至后殿稟告消息。

（舞台一角，身心俱疲的王子上）

侍　女　王來至后殿，只見王后喉間一道鮮明傷痕。王后不語，兩行清淚簌簌而落。我便將事情回稟於王。王乍聽不免有疑，那是他的長子，即便數年來疏遠了，他也不敢置信，王子聽聞王已殯天的消息，竟來至后殿，意圖非禮王后。（頓）王手持王子的隨身配劍看了又看，看了又看，仍難以決斷。始終沈默著的王后突然開口了，只說了一句——
王　后　命門其下三寸有一硃砂丹痣。
　　　　（王子做出劇烈的扭動，而後以手矇住雙目）
侍　女　王再無一言，親手剜去王子雙目，下放死牢。
　　　　（女舞者取出一條紅色領巾，綁住王子雙目）
　　　　　極西之地，千百年前，也曾有個戀慕繼子的王后⋯⋯

（王后回身走向死牢，意識到死牢裡的水滴聲，如同夢境中洞穴的水滴聲）

（王后來到王子與女舞者之前。女舞者向王后行禮，離開地牢）

王　　后　（唱）那一日、他黯然離都城，
　　　　　　　　埋伏下、弓箭手、疊疊層層。
　　　　　　　　亂箭齊發、只在一聲令，
　　　　　　　　夜半直待、至天明。
　　　　　　　　忽來驍騎、捲起萬丈塵，
　　　　　　　　傳我手書、且留人。
　　　　　（白）若就此天各一方也就罷了。哪曉得王日益衰老、心漸動搖，又念起這個戍守邊城的長子。我只得將毒藥暗送邊境，交與窈娘。（王后脫去身上的后袍，與王子背靠背坐著）
　　　　　　　　還是我自作多情，又傳信窈娘暫緩此事。如今，也該是了結之時。

（王后起身解下紅領巾，從身後勒死王子，穿上后袍）

京劇／南音　（唱）從今後、不再糾纏、舊夢中，
　　　　　　　　鐵石鑄心、魂也空。

（女舞者進來地牢，替自己也替王后哀悼王子）

（燈暗，但水滴聲仍在持續）
（燈微亮）

京劇跨界劇本《費特兒》

（王后、王子、女舞者呈現開場的動作）
南　音　（唱）【五空管Ｃ調】（同第一首一樣曲牌，前後呼應）
　　　　　　三百六十五個月暗暝，一暝走過一暝，走到你，
　　　　　　走到咱至死方休……。

（王后費力保持平衡）

（劇終）

《費特兒》創作報告

一、創作或展演理念

　　2017年暑假某日，國光劇團藝術總監王安祈教授告知，新加坡「史丹福藝術中心」（Stamford Arts Centre）裝修後，將於隔年重新開幕，史丹福藝術中心計畫邀請國光劇團與新加坡「湘靈音樂社」（演唱南音）共同製作一齣「跨國跨界跨文化」的開幕劇目。王教授屬意由朱安麗演出我的崑曲獨角戲《安娜．卡列妮娜》。

　　崑曲獨角戲《安娜．卡列妮娜》原是上海崑劇院導演俞鰻文、邀請我為北方崑曲劇院魏春榮量身打造的劇目。情節大要如下：

　　神思恍惚的安娜，來到月台之上，火車氣笛聲中彷彿傳來女子淒厲的叫聲，安娜在月台上回想與伏倫斯基當初便是相遇於火車是，自述自己因為姑母的安排，而選擇一門管保一生無憂的好親事。無奈婚後兩人差距越來越大，在遇見伏倫斯基之前，都將心力放在照顧兒子身上。

　　遇見伏倫斯基，安娜不顧一切私奔至義大利，脫離彼此原有的社交圈，兩人都覺得越來越沒有意思，回國之後，安娜發現自

己被眾人排斥，伏倫斯基的世界卻沒有太大改變，安娜生活與情感重心逐漸向伏倫斯基傾軋，伏倫斯基倍感壓力，這段感情面臨失衡，安娜甚至疑神疑鬼伏倫斯基隨時要拋棄她。

最後，為了報復（想像中的）伏倫斯基拋棄她，安娜決定臥軌自盡，劇末再度響起火車氣笛鳴叫聲。

獨角戲相當挑戰觀眾的耐性，容易讓劇場氣氛沉悶，因此在寫作的時候，我便希望能構思出一個有對話空間的形式，讓舞臺上只有一個演員、卻不是只有一個角色。「一人分飾兩角」是最容易想到的，我試寫了一份大綱，演員將會扮演「安娜」以及安娜與伏倫斯基所生的女兒「安妮」，戲從安妮與安娜同樣有了痛苦的婚外情開始寫起，那一瞬間，安妮過往對母親的埋怨都有了理解的可能。

「一人分飾兩角」的效果在這裡不是很好，加之那陣子名編劇羅周、為崑曲演員張軍所寫的獨角戲《我，哈姆雷特》即是讓張軍一人分飾四角（當代傳奇劇場的《李爾在此》也是一樣的做法），不想犯重，只得費心思索其他方向。第二份大綱在形式上採用讓演員假裝台上有另一個角色的方式，並將時空具體設定在唐代，將安娜與伏倫斯基寫成唐代長安「蕭君夫人」與西域胡商「亞力樹」。如此安排的原因在於，想要找出一個可以說服觀眾的背景環境，能夠類比安娜與伏倫斯基在社交處境上的差異——同樣都是外遇，只有安娜被譴責、被上流社交圈排擠，她的世界越來越小，而伏倫斯基似乎沒什麼影響。我滿喜歡這份大綱的，要發展成大劇場的劇目也沒有問題，至於改編《安娜‧卡列妮娜》所不能迴避的安娜之死，我設計蕭君夫人「帶上弓箭，騎馬

出城……拉弓連發數箭射向馬群,引起馬群騷亂狂奔隨後策馬向前,手中弓箭馬鞭一扔,翻身下馬,在遼無邊際的藍天映入眼中之前,屍骨無存。」這個安排既能映照安娜臥軌而亡的支離破碎,也提供演員充分的武功表演機會乃至多媒體設計,希望將來有機緣排入寫作計畫、進而在舞臺搬演。

俞導演不想將時空具體落實在某個特定的年代,表示希望採用極簡的寫意戲服與模糊的時空背景。在《安娜‧卡列妮娜》之前,我沒有處理過獨角戲,經她這麼一說,確實有理,獨角戲不太適合如同大劇場演出的劇本、落實而具體的寫,畢竟形式既然採用獨角戲,根本上便是抒情為主。一段心事,就是心事,哪要這漢唐魏晉?誰問他唐宋明清?

思之思之、又重思之,終於等來靈光一現,連忙傳微信詢問,「我想在舞臺上用個等身人形,調度上可行嗎?」俞導演沒有異議,於是安娜在某些關鍵時刻就有了對話的對象,劇本中頭一回運用等身人形,便是安娜的自我發現,她發現自己在伏倫斯基面前,有著不同於受困於和婚姻牢籠之中的神情:

安　娜　車廂之內,片刻錯身,便覺別有一樣氣流,我與他從此糾纏,其後種種,昨是之而今非之。往昔只道一意敬愛我的夫,愛不得的也就全心疼愛我的兒。哪曉得,人世間竟有這般滋味,毋需言詞,不待深交,一瞬相會,直透命底。

(安娜將原本背對觀眾的等身人形轉向觀眾)

安　娜　原來在他面前,我竟是這等神情。無怪乎好說歹說,他就是不肯罷休。

全劇之中，等身人形用的最精彩的部分，大概是處理安娜跳下火車月台臥軌自殺的情節了。任何一個再怎麼呆板的劇本工作者，在這樣一個題材中，都不會讓演員如同《盜仙草》從桌子上翻下來。有了等身人形，就可以如下處理：

安　娜　那些絕情的話兒你猶未出口，我便難以承受，若真待你說出，我麼……想必此刻你與公爵小姐已然相會，你的母親在旁推波助瀾，儼然一樁明媒正娶的好姻緣，焉有不成之理？我累了，伏倫斯基。（安娜開始支解人形）你留與我的，我又該如何回報於你？你可會記得這雙眼是如何回應你的多情？你可會記得這雙手是如何與你誓守一生？你可會記得這曾與你溫柔繾綣、為你生育骨肉的身軀，如今，它支離破碎了呢……

可惜俞導演那裡因為人事問題，沒有辦法立項演出。然而當王教授提出由國光劇團演出時，俞導演又萬般不捨，顧及江湖道義（畢竟以崑曲獨角戲的方式演繹托爾斯泰《安娜・卡列妮娜》的點子是她的，曲牌的揀擇也是她請周雪華老師幫忙安排），我向王教授提出以《費特兒》代替《安娜・卡列妮娜》，朱安麗精湛的做表與多年新編戲曲乃至實驗戲曲的表演經驗，讓人非常相信與期待，她能夠駕馭這樣一個角色。

有了第一回戲曲獨角戲的寫作經驗，這一次面對《費特兒》便容易許多了。

二、學理基礎

很早就發現除了重寫歷史故事,我對將西洋故事或者世界名著改為戲曲,也有著高昂的興致。十幾年前在志文出版社《世界名劇精選》古典篇中,讀到拉辛的《費德拉》時,便想著有一天可以改編這個劇本。國光劇團那裡一確定,便將這個劇本複習了一次,而後又找出莎拉・肯恩(Sarah Kane)的《菲德拉之愛》(Phaedra's Love)做為參考(肯恩的劇本在國內楊景翔演劇團近年曾演出過),兩者相較之下,畢竟國光是戲曲劇團,大概還是拉辛的方向比較可行。參考拉辛《費德拉》的骨幹,《費特兒》人物關係、情節大要如下:

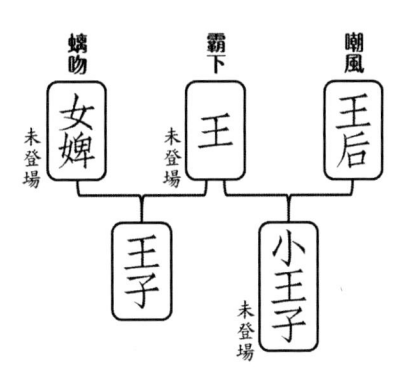

```
  螭吻          霸下          嘲風
  女婢          王           王后
 未登場        未登場
         王子      小王子
                 未登場
```

上古東方大陸,數個部族彼此吞併征戰,「霸下族」先併「螭吻」、後吞「嘲風」,故事開始之時,霸下族之王(未登場)正要出兵征戰「蒲牢族」。

隨著併吞範圍逐漸擴大,霸下王庭的狀況也隨之複雜。霸下王后原為嘲風族王女,為了避免嘲風被滅族,獻城聯姻,婚後數

年,王后誕下霸下族嫡長子(小王子,未登場)。霸下王除了嫡長子,還有個年紀僅比王后略小幾歲的庶長子(王子),其母為螭吻族女婢(未登場),身份雖遠不如嫡長子,卻也使得螭吻遺民想要利用庶長子爭權。

兩族表面相爭,難得和平,王后也非常盡責的履行自己守護嘲風族的「責任」,她克制自己對王子強烈的愛慕之意,向王日夜進讒言,終於讓王將王子送往邊境,直到王再度出征蒲牢,才將王子從邊境召回。王子回到都城,王亦不在,王后壓抑的情感日益陡增。

當前線傳來王已戰死的消息,王后情不自禁對王子表白。被拒絕之後,又發現王是詐死,王后為了部族再度決定壓抑情感,反咬王子非禮,王將王子雙目剜去,見王子痛苦不堪,王后一條紅綾、親手黃泉路相送。

為了宣傳用途我也寫過一份情境式劇情介紹,可與情節大綱互相參看:

三百六十五個月暗暝,有人在此相縈纏。王后的夢境中,總有個人一回一回的摺倒她,不讓她站穩、不教她起身。夢境總是在王后看清那人、總是在「輕咬朱唇、輕咬朱唇,若是他輕咬我朱唇」的綺想乍然而起之時,嘎然而止。

是王子,王后的繼子,待她冷若冰霜的繼子。

她有身份,她有責任,她不能縱容自己沈淪。直到王(他的父她的夫)傳來戰死沙場的消息,她不能不縱容自己沈淪。人在眼前,就把一腔心事盡託付,卻換得血痕繞頸、他只道「淫婦無

恥」。

　　沒了魂、沒了魄、沒了顏面，王后有責任，還有一個死裡逃生的王⋯⋯

　　即使骨幹情節參考拉辛劇作，《費特兒》仍舊是充滿了個性與特色，可以分從「演出形式」（角色安排）與「劇本情節內容」兩方面來談。

三、內容形式、方法技巧與創作過程

1. 演出形式

(1) 一人分飾兩角

　　在演出形式上，《費特兒》是一齣「不是獨角戲的獨角戲」，構思呈現形式的時候，由於寫作時間與《安娜・卡列妮娜》相差不久，《安娜・卡列妮娜》的經驗有一些是直接套用在《費特兒》之上的。說《費特兒》是一齣不是獨角戲的獨角戲，原因在於，《費特兒》的舞台上除了京劇演員朱安麗，雖然還有湘靈音樂社的南音主唱李明依與樂隊、以及吳建緯等三位現代舞舞者，但都「不太能」或「不能」開口說話、做戲。在《安娜・卡列妮娜》一度設計的「一人分飾兩角」寫作策略，效果並不理想，然而在《費特兒》卻能與人物心境、演員功法搭配起來相得益彰。

　　獨角戲必須面對的是「抒情」與「敘事」如何分配、協調的問題，特別是重視抒情性的戲曲獨角戲，正是出於這個考量，設計主演朱安麗飾演「王后」，同時分飾「侍女」。如果與《安娜・

卡列妮娜》第一稿大綱兩相參看,讓主演分飾安娜母女,效果不好原因便相當明顯了:安娜與安妮同樣分有抒情與敘事,呈現上面也沒有行當的差異在背後支持,若真的在舞台上搬演,恐怕只能依賴服裝「配件」以及觀眾高度的集中力,才能分辨此時說話的角色是母親還是女兒。仰賴觀眾的集中力跟考驗觀眾的耐性一樣,是非常不智的。在《費特兒》當中,則把敘事的部分交給使用「京白」、近花旦表演的「侍女」,而把抒情交給使用「韻白」、近花衫表演的「王后」。

　　當初以為借用戲曲行當的特色、一人分飾兩角,在聲音、動作上都做出明顯的區隔,是相當有效的設計,出人意料的是,在異文化者的眼中,這些「顯著」的區別統統不存在。這部分留待下一小項、談論《極西之地有個費特兒》時再說。

　　一人分飾兩角除了增加舞台的戲劇性之外,還有一些關鍵的情境藉這個設計傳達出來,如當「王后」向王子表白、卻被王子一劍畫頸留下一道血痕,「侍女」終於知道長久以來王后的情思,藉由詢問王后有何打算、實則逼王后只能有一種決斷時,一人分飾兩角從劇本上提供了導演在調度的時候,如何善用一人分飾兩角表現王后慢慢找回嘲風族的「責任」。這一段劇本原來是如此安排的,此處南音代替王后的心聲說出以下台詞:

南音甲　　為他剜心我也肯,他卻說「淫婦無恥、今饒你不死,也
　　　　　只為不肯汙血染寶劍」。(嘆氣)真心扯破片片淒紅、
　　　　　他是無情人。
　　　(南音一左一右的將王后扶起,坐上開場至今沒坐過的王座
　　　　之上。並取來一條紅色的領巾,替王后圍上)

（此處王后侍女彼此對話）

侍　　女　您喉間傷痕與地上寶劍，究竟怎麼回事？

王　　后　是我不該。

侍　　女　事到如今……（試探地）王若死──

王　　后　留不得他。

侍　　女　王若未死──

王　　后　（無奈的）他更無活路。

侍　　女　（指地上）憑著他隨身佩劍，王不會不信。

　　劇本中原先設計一張「王座」，開場到現在才讓王后坐上，以象徵直到被王子拒絕後，她才願意面對她的「責任」。實際演出時有張椅子，但是並不如我原先設想的使用。戴君芳導演使用椅子代替了床，這本是古典戲曲運用一桌二椅充當所有需要道具之慣例，然而，當演員的身體姿態改變，即使是慣例上的運用，也能翻出新意──朱安麗以非戲曲程式卻仍具有強烈美感的身體，一任頹然地將其交付與椅子、表現被情欲主宰的姿態，其身體質感，既是經由四功五法錘鍊而成的，卻又非慣見的程式身段，似乎功法都化消在骨骼肌肉之中了，畫面真有說不出的滋味。

　　在節錄的對白部分，也與演出不完全相同，君芳導演（以及所有的導演）在實際排練的時候，都會為了表演節奏的需求，在劇本提供的對話與情節上，或拉長、刪減幾句、或前後調移。送升等審查的劇本我還是希望保留原來交給導演的樣貌，不依演出本修改。這一段因為要特別提出說明，故而將演出本列出（南音即指南音王后，劇本中有南音甲、乙之分，乃因寫作之時得到的資訊是會有兩位南音主唱會共同演唱「南音王后」，而後進入排

練時，只有林明依參與演唱）：

南　音　為他剜心我也肯，他卻說——
王　后　「無恥淫婦，今饒妳不死皆因不願汙血染此寶劍。」
南　音　真心扯破片片淒紅，他是無情人……無情人。

王　后　他走了。
侍　女　您喉間傷痕與地上寶劍……究竟怎麼回事？
王　后　是我不該……
侍　女　您是不該，不該忘了螭吻族正日夜尋思血洗我嘲風族。
王　后　是我不該留情於他。
侍　女　事到如今，王若死呢？
王　后　王若死……吾王若死，自然留不得他。
侍　女　王若未死……
王　后　王若未死，他……他……他麼……更無活路了。

　　這段節錄應當可以說明，升等送審、以及日後出版不使用演出本的考量。當劇本用於「閱讀」的時候，在乎的是文字閱讀的節奏，如果按照記錄演出情況的演出本文字，由於沒有演員以聲音肢體呈現，對白剎時顯得囉唆瑣碎；同樣，在紙面上讀來乾淨俐落的對白節奏，實際上排演時，卻可能滑過去或者韻味不足，因此導演才需要對劇本按照排練狀況作調整。

　　這一段王后韻白與侍女京白彼此交錯而說、卻又出於同一個演員口中，相當有戲劇性，王后最後一句台詞「王若未死，他……他……他麼……更無活路了。」在更無活路之前，所使用的音質

都是低迴壓抑，而當念到「更無活路」，王后轉過身來，眼神中下定決心，雖然仍是韻白、音質卻調整為趨近於侍女的爽亮。這裡不需多餘的台詞，僅從音質變化、觀眾便知道王后要找回對嘲風族的「責任」了。舞台最精彩之處，往往是這些地方，劇本工作者提供一劇之「本」，提供人物、情節、對白與情境作為基礎，讓導演與演員可以用視覺、聽覺元素共同完成戲的上演。

(2) 兩人共飾一角

《費特兒》中對角色安排除了王后、侍女部分「一人分飾兩角」，尚有「兩人共飾一角」的設計：「王子」由兩位現代舞舞者共演，而「王后」也由朱安麗、林明依兩位女演員共演。「王后」的部分較為複雜，示意如下圖：

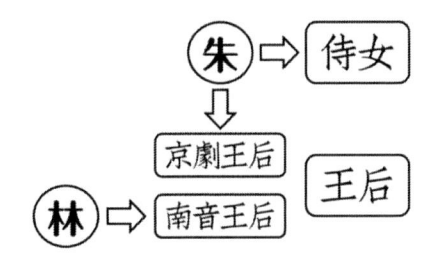

```
 朱 ⇨ 侍女
     ⇩
     京劇王后
              王后
 林 ⇨ 南音王后
```

關於現代舞的部分，我只提供了角色人物（王子與窈娘）與情節方向，至於具體如何呈現，全是君芳導演、編舞張曉雄教授以及幾位舞者的設計，包括由兩位舞者共演王子一角。此處不得不承認，劇場真有邏輯、語言所不能及之處，事實上，即至今日

京劇跨界劇本《費特兒》　117

我仍然無法給出一個具有說服力的說法、按照傳統的人物分析去解釋君芳導演為何要安排兩位舞者共演王子，但是舞台畫面真是好看哪。也許這是視覺系導演的長處與強項，作為文字工作者，我相當敬佩，也希望能夠換他眼、為我眼，讓我對視覺藝術有更深入的瞭解。

如果說、由朱安麗一人分飾王后、侍女兩角，是為了讓本質為獨角戲的《費特兒》避免挑戰觀眾的耐性，這是屬於戲劇本身的問題，那將王后分為京劇王后、南音王后，則是出於「現實條件」的考慮。

猶記得當年初初參與劇場工作不久，李小平導演大概是看出了對劇本寫作仍然稚嫩的我，有一種不切實際或不合時宜的「純粹」要求，希望自己的作品不要因為現實條件而妥協，小平導演溫婉地對我說，如果這條路還要走下去，恐怕真的得要接受向現實條件妥協。隨著一次又一次的寫作與演出經驗，我越來越同意小平導演的話。《PAR表演藝術》雜誌三月號預定刊出一篇以表演藝術工作者的「中年／40歲」為主題的訪問稿，訪談中有一段文字便是提到我對「妥協」的重新認識：

> 生命裡的每個階段，都是自我的發現與重新定義，疾病是，工作是，創作更是。「我覺得劇本是妥協的藝術。」趙雪君說，寫劇本十多年來，最明顯改變的是心態，在自認為最好的寫法與現實的衝突間，她從「被迫」到「轉念」，逐漸將「妥協」視為遊戲：「我總是告訴自己，只要能從每一次（不管合理與否）的限制性狀況之中，找出當下最有藝術性的平衡，我就能夠磨練技巧，而這些技巧

最後都是要用來成就那些不為任何人、只為我自己而寫的劇本。」⁹

　　不管是在「劇本寫作」或者各種談論編劇經驗的場合，我通常都會將「視妥協為遊戲」的寫作心態跟同學或者聽眾交流。劇本不似小說、散文、詩歌「單純」，太多現實條件（比如演員無法負擔這個角色、比如顧慮大牌不希望有任何一點負面舞台形象）會影響劇本的內容了。我甚至認為，所有的編劇技法當中最重要的一條便是「無可無不可」的「心法」，只有先接受現實條件的存在，才能相信每一種限制性狀況下，都會有最完美的可能。案頭劇可以理所當然的視現實條件為可以排除在外的外部因素，但為了演出而寫的劇本，則與廚師只能就「現有」或「可以有」的食材烹飪一樣，現實條件在內而不在外。心先鬆動，接受現實，並且虛心思考導演、劇團的回饋，不採取防衛姿態，而是以理性判斷：是我思慮有不及之處、還是對方品味有問題？（倒也不必一逕虛心到認為對方說的一定是對的，那叫虛偽不叫虛心）或說服他、或提供更多的可能。如果原來的寫法對方不理解，對方的提議我亦不認同，那就只有提出新的可能，因而「彈性」才是編劇技法中最上乘者。

　　如果從劇本本身的理路來看，我會說「南音王后」的存在真是多餘。原先劇本設定南音兩位主唱的角色類似兼有敘事、抒情而又有入戲之時「說唱者」，舞台形象則是「嘲風族祭師」。抒

9　吳岳霖。〈41歲，戲曲編劇、學者－趙雪君：安身立命之後，做更大的夢〉。《PAR表演藝術雜誌》338 (2021): 47-47(2)。《華藝線上圖書館》。網路。2022年2月28日。

情的部分一如演出版中安排的幾首南音曲子，敘事則如：

（水滴聲）
南音甲　聽，是水滴的聲音，水滴滴落在洞穴之中，滴落在王后
　　　　滾燙的面頰之上。
　　　　（王后醒來，摸著臉上的水滴。王后走到背靠著背坐著的王
　　　　子與女舞者身旁）
南音乙　王子的面頰之上也有水滴，「王子夢中有淚」她想，這
　　　　可會是王子的眼淚？

　　「入戲」則指的是在某些時候代替王后與侍女互動（因王后
與侍女乃是一人分飾兩角，我希望她們一遞一答的對話模式只用
在侍女要王后決定王子死活的部分），如：

侍　　女　啟稟王后，王已殯天。
南音甲　（喜）他死了？
南音乙　（阻止南音甲）錯了錯了，王后是什麼身份地位？怎可
　　　　如此歡喜給人看。再演一次。
南音甲　怎麼講？
侍　　女　奉劍將軍回來了，是孤身回來的，現如今等著見您呢。

　　按照原來的安排，開會討論時，劇團提出服裝上可以有相應
的構思，如王后帶整頂金鳳冠，而兩位南音主唱各戴左、右半頂
鳳冠，象徵「王后」不會只是「一個人」，而必須將其背後的嘲
風母族勢力計算其中。只不過，當劇本初稿交與湘靈音樂社時，

湘靈擔心這樣的設計，恐怕南音將會被京劇吃掉。

這是讓人不能不考慮的「內在問題」。就音樂調性而言，京劇皮黃大氣磅礡、先天就比幽微靜謐的南音更具有舞台聲量，其次，湘靈是南音「音樂社」，不是「梨園戲」劇團，演出主要方式為歌唱，而非帶上身段作表的演戲，不習慣舞台表演，有些台詞設計也難以達到效果，如：

王　　后　　是他、竟是他⋯⋯
南音乙　　第360夜，王后仍是不敢置信。
　　（王后碰觸自己的嘴唇）
　　（女舞者下，王子起身，如雕像般矗立）
南音甲　　王后想，若是王子的嘴唇真的──（發出鬼魅般的笑聲）

劇團彼此討論之後提出的解決方法是、讓南音主唱林明依同飾王后，這部分劇本不用什麼改，是服裝設計的工作。原先我的感覺是用得有點太重複了，「侍女」雖然不是「王后」，但由於兩個角色都由朱安麗扮演，這個角色也有部分算是王后的分身，特別是王后自我結構中屬於「責任」的那個部分（最後也是侍女提醒王后要對王子有所處置）。南音主唱原本代表的是「嘲風族集體」，放在舞台上可以加強王后所受到的束縛，如今將原本屬於嘲風族的形象、直接等同於王后，那不就跟侍女在這方面重疊了嗎？

不過，多年的劇場工作經驗讓我沒有糾纏在劇本邏輯上，我知道舞台最重要的是能夠動人、能夠與觀眾的情感有所交流；而舞台之所以能動人，絕對不會因為劇本理路不能完全合理、或者

人物形象有重疊就失去動人的力量。而後隨著排練到演出呈現，我漸漸能夠接受，也覺得這樣的安排並非不能說通，換個角度來看，甚至還可能相當有理：我們每個人對世界中人事物的認識與理解，都是某種程度的自我投射，於是，滿台都可以是王后自我的各個呈顯。「王子」是王后情欲的投射，「窈娘」是王后渴望成為的對象，「侍女」提醒著王后身為嘲風王女一生的重擔，「南音王后」則兼有責任與對情愛的渴求，由於南音唱腔的特性、以及主唱林明依極為迷人的嗓音，使得後者在效果上非常理想。

　　兩團溝通後、劇本比較大幅度的修改，反而落在如何讓相對而言不熟悉舞台演出的湘靈音樂社、在呈現台詞上有更好的效果，湘靈建議，是否能將台詞修改為半吟半唱的形式，有音樂襯托著、演員比較有底。於是我將全劇相關的台詞，都改成了吟唱，例如前文所引段落、修改為：

王　　后　　是他、竟是他⋯⋯
南　　音　　（唱）三百六十五個月暗暝，
　　　　　　　　　猶是千般難置信。
　　　　　　　　　難置信，怎會是「伊」做了阮的夢中人。
　　（王后碰觸自己的嘴唇）
　　（女舞者下，王子起身，如雕像般矗立）
南　　音　　（唱）輕咬朱唇、輕咬朱唇，
　　　　　　　　　若是他輕咬我朱唇——

　　平心而論，《費特兒》這齣戲如果能夠算得上是成功的實驗之作，功勞絕對在於導演及整個製作團隊。當然劇本不見得差，

只是要將一為板腔、一為曲牌的音樂風格調和,以及讓戲曲「內斂之圓」、現代舞「伸展之方」的身體質感相融在同一齣戲裡,那真不是編劇所能做的。如果要定位劇本在《費特兒》中的角色,我會說劇本給出了一個空間、讓這個空間中的異質元素有了共存的可能。

2. 劇本情節內容

一個被說了這麼多次的故事,要如何寫出新意?⋯⋯下筆之初,我沒有任何預設;完稿之後,才發現這個劇本隱含了我們的處境,也流露了當「個體所求」與「群體生存」衝突時,價值觀的取捨。

人的意志與質性不是只有展現在功成之時,挫敗有時更能顯露「你是誰」,只不過「你」不總是只有個體欲求、不總是沒有包袱與責任的純粹,背在身上的不見得只是桎梏與負擔,而已然是「你是誰」不能被抽離的部分。

上述兩段文字是由我為《費特兒》所寫的宣傳文字中節錄出來的,已經概略的包含了我在這個部分所要表達的內容:「東方費特兒」所無法甩開的「責任」包袱,以及如何詮釋王后的情欲由來。

(1) 責任意識

一向以來,我都是個相當自我的人,很少為家人以外的群體付出什麼,學生時代對當班級幹部沒興趣,也不想參加社團;即使如我所願的成為戲曲編劇、參與了劇場工作,也會被劇團朋友

們聚集在一起討論劇本與製作的熱血與夢想感動，但實質上參與劇團工作還是比較像是交朋友。我也不太能感同身受為什麼有人會付出時間給一個「組織」，有人會從「他的群體」當中得到快樂，直到我獲得臺北大學中國文學系的教職。

決定以教書為生，是因為二十初頭的時候，我便知道自己不是能為了夢想而在生活上吃苦的人，於是在民國94年以戲曲劇本自台大戲劇所碩士畢業後，選擇就讀清華大學中國文學系博士班，希望能為自己的寫作事業找一份安穩的依靠。當時我怕的是，如果劇本寫作變成我謀生的「工具」而非「樂趣」，日夜操勞，說不定我只會記得寫作的痛苦、忘記寫作的快樂。我不是一個特別能幹的人，雖然能寫劇本、能寫論文，但寫劇本的時候不能寫論文，寫論文的時候也沒腦筋寫劇本。民國100年的《百年戲樓》演出之後，已經是博六高齡，別說論文題目，連三科資格考動也沒動，於是選擇暫別劇場，歸家沉潛讀書，終於在民國104年1月取得博士學位，進而在2年後取得教職。

從前我會想，如果我有一個支持我全職優渥寫作的環境，我的作品會不會在短時間內，有更顯著的成長、或者更廣泛的可能呢？在學校教書之後，幾年下來，開始覺得、雖然常常為了兼顧劇場與課程搞得焦頭爛額，但學校對我的寫作生命也許是利多於弊的。就目前所切身受用者，便有兩處：其一，在學校開設「劇本寫作」的課程，藉由跟年輕稚嫩但本質上具有世代差異的同學，一起討論作業，甚有活化思維之效。其二，向來自我的我、發覺我不是那麼自我、我也有「群體性」。

發覺群體性的過程大概在短短一、兩年間。自從耳濡目染工作環境的同事們，將「群體」與「學生」的事、看做切身相關，

慢慢的我發現自己比以前快樂很多。也驚訝的發現，原來我喜歡歸屬於某個群體的感覺，並且也願意為這個群體承擔我該承擔的責任。這種心境上的變化，在我知覺到以前，已經反映在我的作品當中了。前文不斷提到「東方費特兒」的「責任」，雖然在劇本中好像寫成了王后擺脫不掉的枷鎖，可是背後的想法是，正是因為責任與「群體性」是自我結構中的一部份，它才有足夠的份量與乎要人窒息的情欲相抗衡。責任，不是可以說拋就拋、外加於「我」的東西。

這些年我還寫了一本《崑崙盜簡》，也是自我結構中群體性覺醒的表徵。2018 年，為了申請國藝會劇本寫作補助計畫，我將這個題材發想的來龍去脈寫了下來：

《崑崙盜簡》一劇所寫，乃是黃石公與張良故事之「前傳」。申請人閱讀《史記・留侯世家》中有言：「子房始所見下邳圯上老父與太公書者，後十三年從高帝過濟北，果見谷城山下黃石，取而葆祠之。留侯死，並葬黃石。每上冢伏臘，祠黃石。」僅僅於年少相見一回，收下一部《太公兵法》，卒後卻與黃石並葬，不難想見在張良心中、黃石公之於他（以及他的事業）具有何等位置與意義。

申請人於是突發奇想：難道黃石公與張良的相會只是一個智慧老人尋找一個可造之材交付兵書？會不會二人（一妖、一人）其實早在前生便已相識？而一個精怪之輩，又何來一部能定天下的兵法？

隨即想到的是希臘神話中普羅米修斯悲憫人類而「盜火」的故事──神祇能悲憫人類，妖精為何不能？這部《太公兵法》能

不能是某個山精水怪、木魅石公不忍當時飽受戰火荼毒的生民，而往仙界盜書？

「盜書」、「贈書」是本劇的主要戲劇行動，而在此戲劇行動背後，要寫的是兩種人與兩種愛：梧桐木所化的「鳳兒」，不以自己為妖而自絕於天地間的大世界，悲憫蒼生，願為天下人前往崑崙盜書（鳳兒就如同歷史上願意為他人犧牲的革命先烈，申請人總想著他們也許不是不愛自己，而是天生血熱，在自我的結構中，若是沒有「他人」便不能感覺到充實完滿）；而黃石所化的「黃遙」則是古往今來烈士背後的癡情女子（這是本劇刻意在性別形象上的翻轉），他愛上眼裡只有天下的她。貫穿全劇的主題情感則是「成全」：黃遙雖然無法認同鳳兒的理念，但因為愛鳳兒，所以願意豁命完成鳳兒最後的託付。

截至目前為止，我寫過三個以人、妖之間的關係為題的劇本：2004年《祭塔》、2009年《狐仙故事》、完成於2020年的《崑崙盜簡》。老生演員盛鑑回歸國光劇團後，非他不可的《狐仙故事》終於得以重製登台，我在宣傳文章中簡短的提及這三個劇本之間的發展線索：

《祭塔》寫的是「認同」與「歸屬」，當人與妖「混血兒」在哪裡都找不到全然接納自己的族群，「他」選擇的是把自己與世界割裂；《狐仙故事》寫的是「成全」，不論人與妖多麼渴望以各種關係與形式（戀人、母女）在一起，哪怕克服了種種阻礙，最後仍有生命長度的差異跨越不過去，於是彼此都選擇了不跟世界強硬碰撞，放手以成全彼此；而《崑崙盜簡》則更進一步，寫

不問族群、只要一同活在蒼天之下，這天下就是不分人妖的蒼生之責，妖與人皆一同積極涉入了世界之中。

向來以呈現「情欲」為主的「費特兒」題材，我為國光劇團演出的版本寫出了特色，這特色就在於，不全然而正面的直寫情欲，而是從「責任」寫起，責任作為人內建的結構元素，使得王后面對情欲時，「壓抑」的氣氛襯底於情欲表現之下。正如王維「空山不見人，但聞人語響」從「人語」、從「有處」寫空山之「空」，《費特兒》從壓抑反襯何謂情欲滅頂。

在2019《費特兒》（以下稱跨界版）中，由於不太能有對話，呈現的比較隱微，而在2021《極西之地有個費特兒》（以下稱國際版）中，便利用了侍女（母族的聲音）強調了王后的「此身誰教不由己」。這句唱詞在跨界版中，用來形容王后在夢境中，因地滑水濕難以克制身體平穩，同時暗示她對王子的情欲也是身不由己：「雲蓋月隱正迷離，四下蕭然人語稀。此身誰教不由己，地滑水濕步難移。」國際版中王后在夢境中遭王子壓制，情境相似故而保留這一句：「此身誰教不由己，不見容顏聞聲息。任他憑他緊相逼，我只得、朱唇輕咬眉暗低。」

而當王后表白被拒，覺得已經失去活下來的力氣了——

王　后　我唯有一死，以——（「謝族人」。被打斷）
　　　　（王后拾起身旁的寶劍，準備自盡，侍女打斷）
侍　女　生為嘲風族王女，便沒有起不得身之事。起身！王女，起身！
王　后　（唱）此身從來、不由己，

京劇跨界劇本《費特兒》　　127

千斤重擔、不得息。

（王后用寶劍，勉強支撐自己爬了起來）

原本讓王后身不由己的是情欲，此刻是責任了。在國際版中因為可以運用的角色變多，也有更突出的效果。

(2) 情欲

在希臘神話中，雅典國王翟修斯（Theseus）的妻子費特兒（Phaedra），愛上繼子希波呂托斯（Hippolytus），對此，神話解釋一切都是女神的懲罰——

> 翟修斯后來娶了雅瑞安妮的妹妹菲德拉，這門婚事給他自己、菲德拉以及希波呂托斯帶來極大的不幸。希波呂托斯是他與亞馬遜女戰士所生的兒子，跟他本人一樣，希波呂托斯從小就被送到他成長的南方城市。希波呂托斯後來長成一個魁梧男子，熱愛運動和打獵，討厭奢華舒適的生活，更討厭那些陷入戀愛的人，他覺得戀人真是軟弱的可以，笨的可以。他鄙視阿芙羅黛蒂，崇拜貞潔的獵手女神阿特蜜斯。翟修斯帶菲德拉回到他長大的老家，父子兩人立刻產生濃厚的親情，非常喜歡彼此的陪伴。至於菲德拉，希波呂托斯似乎從來不曾注意到這位後母。事實上，他從來不曾正眼看過女人。不過菲德拉不同，她竟然無可救藥地愛上希波呂托斯。與此同時，她對這樣的愛也感到很羞愧，但卻沒有辦法停止。當然，阿芙羅黛蒂是這份無望之愛的幕後主使者。她對希波呂托斯很不滿，決定給他

最嚴厲的懲罰。[10]

　　神話的解釋乍看荒謬，但也不是那麼不可理喻，這則神話似乎不是在說愛情的美好，而是在說愛情無理取鬧、毀滅一切的災難性，如此，確認後果是悲慘的就好，不必太在乎動機充分與否。

　　神話可以的，劇本未必，特別是戲曲劇本。戲曲觀眾相當熟悉的一見鍾情、是可以不用理由的，但感情的持續則必需要有燃煤才能在舞台上成立。《費特兒》一劇中，最有原創性的角色，大概就是由女舞者扮演的「窈娘」了。窈娘是王后的嘲風族人（在某一次改版中，窈娘一度是王后庶妹），早早埋伏在王子身旁，陪著王子一同流放邊境，日夕監視王子的舉動，按時寫信回都城報告，讓王后想辦法從中羅織王子謀反的證據。王后本就對王子有情，這批近身觀察王子的書信對於王后是何等意義自不待言，更甚者，窈娘還是個有作家氣質的女間諜，當寫無可寫，她不願陳腔濫調，於是窈娘在文辭上極力描摩每一件值得書寫之事，包括她與王子之間的溫存，包括她為王子「命門其下三寸的硃砂丹痣」也填了六支曲牌。

　　這批書信一來提供了王后對王子情感持續加深的解釋，二來也藉此讓王后知曉王子身上的隱私，關鍵時刻得以反咬王子非禮。

　　早在我第一齣搬演舞台的京劇《三個人兒兩盞燈》，就特別意識到文字能夠產生的情意與溫度，當時年少，正好是網路交友方興之時，眼見友人以 ICQ 和素未謀面的美國網友熱烈戀愛，更

---

[10] 伊迪絲・漢彌敦（Edith Hamilton），《希臘羅馬神話：永恆的諸神、英雄、愛情與冒險故事》，第十章「翟修斯」，Google Play圖書。

加深了我對文字能夠傳情的信念。因為這個當代經驗,所以《三個人兒兩盞燈》沒有被寫成愛國婦女送衣勞軍戲,而是將焦點放在雙月傳遞到關山之外的詩句紙條之上。《費特兒》此處就有相同的意念。

　　跟君芳導演討論的過程中,君芳導演注意到了雖然劇名《費特兒》,但劇中沒有任何一個角色叫費特兒,我們都不排斥這一點、甚至還覺得挺好的。君芳導演希望能在劇中設計個什麼、讓它側面跟「費特兒」這個題材有所關連。這裡又將窈娘用上了,讓窈娘這一回不只寄書信、還附了一本書:

侍　女　王子身邊的這個女子「窈娘」,亦是王后安排下的。陪
　　　　著王子戍守邊境,又隨著王子策馬回朝。
　　（女舞者將信件及一本書交給侍女）
侍　女　除了密信還有一本書。書是給我的麼?
　　（中略）
　　（在前往東宮的路上,侍女翻了一下書)
侍　女　《費特兒》?書中說的是極西之地,千百年前,「也」
　　　　曾有個戀慕繼子的王后。唉呀,錯了錯了,什麼「也」
　　　　不「也」的。窈娘是何用意啊?

　　窈娘因為是不會開口說話的女舞者,所以也不能肯定究竟書是要給侍女還是王后。這樣的設計很有意思,跳出戲本身來看,是一種點題,讓全劇之中雖無費特兒,卻是《費特兒》;而就戲本身來看,這豈非暗示窈娘知道王后對王子的愛戀之心麼?

　　劇本寫作是一種才能,這才能並不等於可以明白陳述自己筆

下每個設計會帶來的效果,而是面對題材時,有一種混沌、直覺式的靈光,知道如何安排會有效果、張力與戲劇性。而劇評寫作是一種條分縷析的視野,精準而具有眼力的劇評家在談論劇作時,是可以將劇作家那些直覺式的設計所帶來的美學效果說的透徹清晰的。在劇本分析這一方面(尤其是從觀眾角度分析自己的劇本),我自知還有許多需要學習的地方。關於《費特兒》當中那些屬於直覺式設計所帶來的劇場效果,不妨參看劇評。以下將引用〈在消解中探尋完滿的可能:談新編戲曲《費特兒》〉其中兩段,第一段論《費特兒》當中那些屬於直覺式設計所帶來的劇場效果:

> 飾演王后的朱勝麗同時扮演王后侍女,通過服色以及韻白、京白區分兩者,且不時切換兩者之間,借王后、侍女對同一事件之不同反應,以反襯王后的人格與情感特點。例如王后聽聞王子返國,但不見王子前來請安,遂於場上喃喃自語,忖度從不答話的王子「莫非厭惡於我」,又言王子向來如此高傲,不肯多看一眼。此一場景在隨後一場戲裡重現,只是敘事者換成王后侍女模仿王后唉聲歎氣的樣貌。同一演員分飾兩角,卻以相近臺詞重現同一情境,造成舞臺上的複調效果,仿佛是王后心中盤旋迴盪的問答句,同時也讓觀眾體會到王后深沉的無力感。
> 　　來自新加坡的南管藝術家林明依則飾演王后的內在人格。她與朱勝麗飾演的王后服飾裝扮相近,而服色一亮紅一暗赭、飾紋一富麗一低調,象徵同一角色的外在形象與內心幽微。朱勝麗、林明依兩人在臺上分別以京劇、南

管演唱，彼此雖無直接對話，但時而同在場上，共同烘托同一場景氣氛。例如國王戰死的消息傳回宮中，王后思忖如何向王子告白，此景先有南管王后坐定席位，京劇王后唱道「王子有理，我不願興干戈」，接著換南管王后唱道「伊是不敢承認也愛阮」，京劇王后則在一旁擺弄身段。南管王后、京劇王后輪番演唱，臺上又有王子與另一舞者（由飾演窈娘的演員擔任）翩然起舞，最後是京劇王后演唱「是死是生，弄假成真，有他相助有何哉？」，南管王后則有「弄假成真豈是成章順理」的唱詞云云。借由兩人分飾一角的外在、內在，讓王后的情緒與情感表達顯得更為豐富飽滿且紛雜多面。除此之外，更有演出片段在南管王后、京劇王后的互動之餘，讓王后侍女的身份也躍入場上。例如王后甫獲國王戰死的消息，京劇王后一時欣喜，卻又立即收斂，自忖「如此說話，人家豈不是知道我的竊喜？」，其對話對象乃一旁坐著的南管王后，而京劇王后隨即又切換至侍女角色，立改語調啼哭「吾王殞天」。一連串不同角色、不同面向人格的同場並置，與之相對照的則是舞臺上的南管樂師與京劇樂師：南管樂師自始至終坐在舞臺上，通過座席的調度與安排表示故事場景切換；京劇樂師則隱身幕後，觀眾只聽聞伴奏而不見其人。此一安排恰與京劇王后代表外在、南管王后代表內在之安排相反，凡此皆刻意加強王后心緒的複雜性，不可定於一尊對號入座。

雖然看似有多個費特兒的「分身」彼此對話，以致觀眾不禁要問誰才是費特兒，尤其對於不諳拉辛劇本的觀眾

來說,角色之間以頭銜相稱,何來「費特兒」?「國光」演出節目冊裡明白指出,《費特兒》劇中並無任何角色名為「費特兒」。導演戴君芳在接受臺灣媒體訪問時亦表示:「隨著改編新創過程,劇情發展成為繼母(王后)對繼子(王子)的畸戀、母族糾結的執念,以往屢屢被劇作家改編的『西方費特兒』暗示一種王后的悲劇,這次『東方王后』則是意圖在滅族仇恨、母子不倫戀的處境裡,找回人生主導權。」導演此言看似試圖將「國光」版《費特兒》與拉辛、希臘悲劇等前人之作拉開距離,然而刻意迴避費特兒之名卻又不能不反復影射,西方費特兒雖不在場卻又似乎時時浮現於話語之間,順勢牽引人物之間的命運糾葛,這不正令人想起費特兒在錯綜情感中的難言之隱嗎?這不正是費特兒與一干人等欲言又止的命運暗喻嗎?《費特兒》劇中雖無「費特兒」一角,但王后卻從窈娘之處得知遠方有書《費特兒》,書中盡寫極西之地,說七百年前也有王后戀慕繼子之情事。若如導演所言,劇中本無費特兒,何以編劇卻讓筆下人物相比擬於西方悲劇《費特兒》?橫亙時空軸線,拉辛《費特兒》是戲劇文學史上曾經的實在存有;跨越東西疆界,「國光」劇名指涉的「費特兒」是未曾上場的書本虛幻想像。虛實之間的對話,不僅是人性面對情理抉擇時的步步揣測與分際拿捏,亦可說是新編戲曲對西方經典的巧╱悄妙挪用。[11]

---

[11] 羅仕龍,〈在消解中探尋完滿的可能:談國光新編戲曲《費特兒》〉,南京大學文學院《戲劇與影視評論》,2019年第3期(總第30期),頁24-25。

第二段引文則是評論者將這個製作放在近幾年跨界、跨劇種的脈絡下來定義其成就：

> 當代戲曲演出反覆追問的命題之一乃是：究竟到什麼程度的改編還能算是京劇？此一懸念多有創作者挑戰過，但對於以京劇立命的「國光」劇團來說，這並不一定是一件簡單的任務。在過去「國光」的跨界合作、跨劇種製作裡，我們甚至早已見到京劇演員在大型舞臺上只是任由當代劇場導演擺弄的符號（例如羅伯特・威爾遜導演、魏海敏演出的《歐蘭朵》），也看到京劇如何吸取其他表演類型的元素，俾使自身更為豐富飽滿。但在《費特兒》裡，我們更多看見的或許是關於京劇的未來想像。「國光」製作的京劇不以二胡嗩吶的調門引領京味，而是以南管《短相思》編曲的《三百六十五個月暗暝》作為全劇首尾主旋律。京劇以其厚實豐滿的底蘊，讓另一劇種的典雅細膩得以悠然彰顯，同時借此反襯出京劇的相容並蓄，以開拓當代京劇的創作可能。在與西方經典對話的過程裡，「國光」版《費特兒》借由消解西方經典戲劇的話語主導權，同時消解了京劇在「國光」新編京劇裡的主導權，卻為京劇與其他劇種的合作譜出了新的可能與令人欣喜的成果。[12]

---

[12] 同前註，頁26。

京劇劇本
《極西之地有個費特兒》

第一場

　　（場景：王后夢境→寢宮）
　　（王后上）
　　（夢境中來到一處濕滑洞穴，費力保持平衡的同時，想要朝彼端的光亮而去。）
王　后　（唱）但聞幽泉、聲滴瀝，
　　　　　　　人在何處、不得知。
王　后　我究竟身在何處，地滑水濕寸步難移，只道是個杳暗洞窟。見前方有隱然微光……
　　（王后想要出去，王子上，擋住了洞口，不讓王后離開）
王　后　你是何人？緣何這般待我？
　　（兩人彼此肢體交纏，在以下的唱詞中，漸漸轉變為情欲事件）
王　后　（唱）此身誰教、不由己，
　　　　　　　不見容顏、聞聲息。
　　　　　　　任他憑他、緊相逼，
　　　　　　　我只得、朱唇輕咬、眉暗低。
　　（以下王后被壓制在地上）
王　后　你是何人？你是何人？（漸轉纏綿）你……竟是這般無禮……
王　子　妳道我是何人？

　　　　　（唱）微光一抹、斜照地──
王　后　是你……竟是你……
王　子　（唱）我與妳、死死生生、只為敵。

（王子下。王后維持原姿態）
（侍女帶《費特兒》一書上，輕輕搖醒王后）

王　后　（夢寐之中）是你……竟是你……
侍　女　王后？王后？怎麼在這兒睡著了。
王　后　（醒）是妳呀。
侍　女　王傳令，今晚后殿安歇。（侍女將王后扶起）
王　后　又是那個夢……夢裡的那個人，反反覆覆折騰著我。
侍　女　夢中是誰欺侮您，方才聽您夢寐之中似乎認清了？
王　后　是……（搖頭）認不清。罷了、休要再提。
侍　女　邊境捎來消息，王子要回來了。
王　后　王在出征外族之前，將戍守邊境的庶子召了回來，哪怕我為他誕下嫡子，他終究信不過我。（頓）可有窈娘的訊息？
侍　女　窈娘這回沒跟著王子回來。
王　后　喔？
侍　女　說是病了。
王　后　病了？
侍　女　風寒犯肺、久咳不止，王子便要她留在邊境休養。
王　后　無恙便好。
侍　女　唉，費了多少心思才說動王，讓王子前往邊境戍守，又

　　　　將窈娘安插在王子身旁多少年了，也找不出一條可以編造他謀反的事證。王后，這窈娘可有些不使勁，不認真監視王子，又老寫些亂七八糟的東西回報。上一回的密報，什麼都沒說，只有一套曲子，「詠硃砂丹痣」，我還說是什麼呢？旁邊一行小字「見王子命門其下三寸，有一硃砂丹痣，鮮紅可喜，故以之為題」，什麼嘛，就屁股上的一顆痣，她都能填上六支曲牌。您該說說她。

王　后　邊境苦寒，諸事日常，窈娘不過苦中作樂，由她何妨。

侍　女　該不會……（低聲）變了心？

王　后　窈娘不會輕易如此。當真無有書信？

侍　女　當真沒有書信，卻有一卷《費特兒》，是窈娘從邊境商販那兒買回來的，讓人轉交給您。

王　后　這是何意？

侍　女　這窈娘古靈精怪的，誰知道她什麼意思。

　　　　（侍女將書卷交與王后）

王　后　（展卷閱讀）極西之地，千百年前，曾有個戀慕繼子的王后……

　　　　（王后一驚）

　　　　（王子戴髯口，扮「王」上。見王后侍女在談話，便不出聲）

侍　女　那書麼，嘻嘻，挺精彩的。您瞧瞧便知。

王　后　胡言亂語些什麼。

　　　　（王走上前，順手拿過王后手上書卷，打開看了又關上）

　王　　（打量王后）戀慕繼子的王后。

王　后　（心驚，遮掩）莫要拿書中的事兒捉弄我。

　王　　妳二人年歲相差無幾，若非知曉嘲風、螭吻水火不容，

妳方才的神色迷濛,我就要猜疑了。
王　后　(斂容正色)吾王何出此言?且不說他為庶子我為嫡母,百年世仇,刻骨銘心,我嘲風族斷不可能與螭吻族婚戀來往。
王　　　不論嘲風族、螭吻族,如今都歸了我霸下族,就該效忠於我,莫要三、五日的教人煩心。
王　后　(想用情欲與身體轉移王的不悅)誰曉得螭吻族安的什麼心,我等定當盡心效忠於您。
侍　女　是啊,我們何曾有不盡心之處呢?

　　(王摟住王后)
王　　　(唱)風華壓牡丹,
　　　　　　　天下朱顏、盡凋殘。
王　后　(唱)華髮風霜染,
　　　　　　　不怒而威、四方寒。
王　　　(唱)朦朧秋水、意態懶,
　　　　　　　今宵折腰、守情關。
王　后　(唱)我則把、他的眉目、細細看——
　　　　　(白)似有個人兒,
　　　　　(唱)似有個人兒、年少春衫。

第二場

　　　（場景：花園）
　　　（侍女帶著由人偶出演的六歲王子上，獨腳戲，並由侍女操作小王子，做出好像在說話的樣子）
侍　　女　哎唷，小祖宗，您就別為難我了。
小王子　　（動作示意：我想見王兄）
侍　　女　您怎麼老是如此，想見王兄，明日不就見著了嗎？何必非要今日。
小王子　　（動作示意：拜託）
侍　　女　這可不行。明日便是您的冊封大典，大典過後，王將率領大軍出征，都城可就是您與王后的責任了。您不能再孩子氣，想當年，王后在您這大小的時候，早就知道什麼事能做、什麼事不能做。
小王子　　（動作示意：還有王兄啊）
侍　　女　都城還輪不到那個異族庶子過問。（岔開話題）您不是說想放風箏嗎？今兒個大好天氣，把風箏拿出來，讓您開心開心，好麼？
小王子　　（動作示意：可是）
侍　　女　（哄）好啦好啦，咱們放風箏。

　　　（侍女帶小王子下）

（王子上）

王　子　（唱）邊境歸來後，
　　　　　　　窺覷刺探、何曾休。
　　　　　　　一個個、豺狼也似、緊盯守，
　　　　　　　都道我、欲爭王位、要圖謀。
　　　　　　　山川無心、江河流，
　　　　　　　願逐月華、放晚舟。
　　　　　　　卻怎生、雲閒天淡、難成就？
　　　　　　　雙翼折盡、不自由。

（由侍女操作的小王子上）
（侍女在這裡是「操偶師」，而非「侍女」）

小王子　王兄。
王　子　（起身行禮）東宮殿下。
小王子　（難過）王兄為什麼這樣奇怪？
王　子　明日冊封大典，殿下便是我霸下族儲君，自然要講禮儀。
小王子　我不要。
王　子　尊卑有別，唉，我也不願如此，你還年幼，是不明白的──
小王子　我知道，他們說你要害我，不讓我見你，還要我小心你呢。
王　子　王弟還是要多多提防的好，螭吻族怕有胡為生事的。
小王子　王兄等我長大，我長大以後，絕不讓王兄去邊境戍守，每天陪著我，我就開心了。

京劇劇本《極西之地有個費特兒》

王　子　王弟，我定會護你周全。
　　　　（小王子靠在王子懷裡）
小王子　王兄，邊境有很多野獸嗎？
王　子　有老虎、豺狼、還有一種兇猛的大鷹。
小王子　王兄怕嗎？
王　子　王弟，你怕嗎？
小王子　有王兄在，我就不怕。
王　子　嗯，那王兄也不怕。

　　（王后上）
　　（侍女把小王子靠在王子懷裡，王子輕聲哼著歌曲，哄著小王子。侍女走到王后身旁，恢復侍女的角色。）
王　子　（唱）細語輕聲、殷勤問，
　　　　　　　問你飽暖、共寒溫。
　　　　　　　一方天地、遠紅塵，
　　　　　　　哪管他、虎鬥龍爭、宮廷深？

　　（王后走到王子身旁）
王　后　（輕聲）兒呀。
　　　　（王子見來人是王后，立刻收斂神情，冷著臉抱起了沈睡的小王子，交給侍女）
王　子　兒臣告退。
王　后　王子留步。
王　子　母后還有何事？
　　　　（王后示意侍女先把小王子抱下去）

王　后　邊境諸事都好麼？

王　子　邊境無事，謝母后關心。兒臣告退。

王　后　（看王子準備告退）多謝王子。

王　子　母后謝我何來？

王　后　王子留在都城，時常陪伴我兒，見他日日開懷暢笑。不像吾王國務繁忙，數日難得一見，每每相見，常是冷漠以待……倘若王子能在都城多留些時日……唉，王子，你可曾怨過你的父王將你調往邊境？

王　子　此事非父王一人主意。

王　后　那是怨我的了。

王　子　母后既是霸下王后，更是嘲風王女，身不由己，倒教兒臣不能怨恨。

王　后　如此說來，你與我一般皆同。

（侍女上）

王　子　（搖頭）恕兒臣不能苟同。我既為霸下王子，順父王之意，當是人臣之理……哪怕非我父王本意。

侍　女　（不高興）王子，不是奴婢多嘴，您說這話什麼意思？王的「本意」，是別人可以隨便亂猜的嗎？

王　子　兒臣告退。

（王子下）

侍　女　（怒）什麼東西！王后怎麼就隨他胡說八道啊？「哪怕非我父王本意」，這是在說您給王吹枕頭風呢！看看他那個樣子，真是傲慢！居然敢這樣跟您說話。這都城裡有什麼人是他瞧得起的？行，要瞧不起別人也行，可是

京劇劇本《極西之地有個費特兒》　143

　　　　　您？您是嘲風族王女，當年霸下族兵臨王城之下，是您、就這樣扭個腰甩個頭髮，站在城牆之上，憑著您的絕代風姿，做了霸下族王后，也保全了嘲風族的命脈。可他呢？只不過是王多喝了幾杯，臨幸一個在身旁伺候的螭吻族女婢，才生下他這個卑賤的庶長子。還真當自己是含著金湯匙出生的呢？一回都城就想拉攏東宮，只怕將來東宮繼位，也要受制於他。
王　后　別說了，回去吧。
侍　女　您怎麼能就這樣罷休？
王　后　妳到東宮那兒去照看。讓我靜靜心。
侍　女　……是。
　　　（侍女下）

　　　（王后回到寢宮，打開書信匣，匣子旁邊放的是《費特兒》）
王　后　這樣的書信，不知不覺也攢下整整一個匣子了。（王后將書信隨機取出閱讀，漸漸的書信散落一地）那般高傲冷漠的他，竟是這樣的人……
　　　（幻影王子上，以下讀信，王后代入窈娘）
王　后　（唱）當時初相見，
　　　　　　美哉一少年。
　　　　　　是誰促狹、弄輕弦？
　　　　　　不成曲調、也流連。
　　　　　　我與他、何曾相近、在人前？
　　　　　　卻為何、踏夢而來、緊逼纏？
　　　　　　猶有夢中、餘溫在，

所求不得、奈何天。

（白）（讀信）三月 13 日。早春猶雪。王子一夜未眠，窈娘徹夜相伴。疑邊境苦寒，起思鄉之心。窈娘探問：既是如此，何不回轉都城？王子無語，緊緊擁抱著窈娘，二人同枕，直至日落醒轉。王子夢中有淚。（打開另一封信。讀）七月 18 日。接連數日，皆有邊民為猛獸所傷，王子聽聞，攜弓帶劍，孤身徑往密林而去。窈娘勸阻未果，歷一夜一日方歸。歸來衣衫破損、皮肉皆傷，更與窈娘耳鬢廝磨，直至氣空力盡再無餘念。（幻想）窈娘呀，妳可知我願用十載換妳一日？

（王后心煩意亂放下書信，手拿《費特兒》書卷）

王后　「極西之地，千百年前，曾有個戀慕繼子的王后。沒來由的戀慕之情，教王后拋卻了自身。每一日、每一夜，都是那飛揚的少年。她，以目光追逐他的氣息，在王的面容中認著王子的眉眼。沒來由的戀慕之情，燭影搖曳間、漸深漸沈。」

（王后下）

第三場

（場景：后殿）
（侍女匆忙上）

侍　女　王后、王后，不得了啦！

（王后上）

王　后　何事慌張？
侍　女　王殯天了！
王　后　講。
侍　女　（扮「奉劍將軍」，狼狽而回）
　　　　鞍馬兼程過晨昏，日落之前入北門。吾王遠征，陣前失利，為流矢所傷，終至遺恨人間。是我「奉劍將軍」殺出重圍死裡逃生，快馬加鞭將消息傳回都城。
王　后　是他？
侍　女　若是別人說的，準是流言，奉劍將軍是王的貼身護衛，這消息──
王　后　怕是真的了。
侍　女　根據眼線回報，奉劍將軍一入皇城便直向后殿報喪而來，現下已在殿前待傳。王后，王殯天之事現在只有后殿知道，恐怕瞞不了多久。要是讓奉劍將軍離開后殿，就是向王子那方報信啦。

王　　后　王子若是知曉他父沙場殞命——
侍　　女　這件事絕不能讓他們知道。自王出征以來，各方勢力早有準備，只等他死活有個數了，翻天覆地便在一瞬之間。
王　　后　東宮年幼，吾王若是無恙歸來，還可保我母子數年周全；吾王若是殞命……
侍　　女　哎呀王后！事已至此，不如我們就在後殿殺了奉劍，瞞住消息，明日，東宮登基，大局已定。那個庶子麼……
王　　后　他麼……
侍　　女　孤掌難鳴，要殺、要流放都隨您開心。
王　　后　殺不得！
侍　　女　蛤？殺不得？
王　　后　是奉劍將軍殺不得。
侍　　女　喔？為何殺不得？
王　　后　其中（想藉口）還有個不妥之處……
侍　　女　不妥之處？
王　　后　王的心思向來難以猜測，興許他乃是詐死，來試探朝中局勢。
侍　　女　哎呀對呀，奉劍將軍應當是誓死護主，怎麼可能活著自己回來。咱們可不能沉不住氣，奴婢這就去回話，就說王后知道了。

（侍女下）

王　　后　他若知曉他父身亡，我與他麼……

京劇劇本《極西之地有個費特兒》

（幻影王子上，王后回頭）

王　子　我若知曉我父身亡，我與你麼——
　　　　（唱）再不是、遙遙相對在朝典，
　　　　　　　答禮問安、照板眼。
　　　　　　　再不怕、心事難成言，
　　　　　　　不成言語、也只消、眼中意相憐。
王　后　你可知我一片真心？
王　子　我實不知妳有此心。
王　后　你若知呢？
王　子　我若知麼——（微笑）
王　后　你若知，未必不肯相應於我。
　　　　且慢。方才我為不肯殺奉劍將軍，急迫之際，說出興許是王試探於我。雖是情急之下的托詞，卻實有此疑慮。（想）若王當真未死，我與他弄假成真未必不能……唉，好生為難，教人如何決斷？

（侍女上）

（幻影王子下）

侍　女　王后，來了！
王　后　誰來了？
侍　女　王子呀，王子來了。
王　后　他來了……
侍　女　真真想不到，一聽聞王的死訊，他竟是即刻便往后殿而來。莫不是要對您不利？
王　后　不是這樣的。
侍　女　（錯愕）呢？

王　后　等他到來，聽他說些什麼。

侍　女　（長輩語氣）王后，小心應付，萬不可讓他有奪位之機，嘲風族的來日可都在您的手上。

王　后　（有一種壓抑的厭煩）知道了。

（侍女下）

王　后　（唱）心事幾許、無人識，

　　　　　　　無來由的情思、不敢叫人知。

（王子上，行禮，王后扶起）

王　子　母后。

王　后　你來了。

　　　　（唱）細觀眉目、與行止，

　　　　　　　可有夢中、糾纏時？

　　　　　　　今宵願向、幽夢底，

　　　　　　　指掌相憑、魂相依。

　　　　（白）你來了。

王　子　父王如今，身在何處？

王　后　屍骨流落異邦。你莫要憂心，我自有安排。

王　子　兒臣願替母后分憂，親自迎回父王屍骨。

王　后　怎麼？你要親身前去？

王　子　此乃人子當為之事。

王　后　此時只怕你的族人，不願你離開都城吧。

王　子　兒臣乃是霸下族之子，螭吻族如何，不在兒臣心內。

王　后　你可知，一旦離去，這王位便由我兒繼承？

王　子　本就該是東宮殿下繼任大統。

王　后　你為的是他麼？

京劇劇本《極西之地有個費特兒》　　149

王　子　非也。

王　后　不為他、為的是哪個？可是為……我？你可知，反反覆覆的在夢中見著一個人，是怎樣的滋味……
　　　　（唱）我多想、身後無所有，
　　　　　　　不要天、不要地，就與你、星海泛孤舟。

（王后貼近王子輕聲說了一番言語）

王　子　哼，妳要放尊重些！
（王子猛然推開王后，力氣之大毫無懸念，王后倒地）
（王子欲走）

王　后　（喃喃自語地）別走、你別走。
（王后脫去外衣，站起，如飛蛾撲火般撲向王子）
（王子拔劍向王后，怒視。王子的劍正巧劃過王后的頸子）
（碰！王子怒擲寶劍）

王　子　淫婦無恥、而今饒妳不死，也只為不讓妳的污血髒了我的寶劍。
（王子下）
（在後面偷聽的侍女上）

侍　女　（<u>長輩語氣，跟侍女不同</u>）妳，妳向他說了些什麼？為何他口口聲聲說你是淫婦、又怒氣沖沖而去？

王　后　那些沉重如廝的相思之情，卻只換來淫婦二字？

侍　女　我不管他說妳什麼，妳與我起身！

王　后　喉間一道血痕，如何起身？

侍　女　既知喉間血痕起不得身，為何如此荒唐？妳將一族興衰放在何處？

王　后　（唱）便縱有、長河長狀紙，
　　　　　　　欲說也無詞。
　　　　（白）我唯有一死，以——（「謝族人」。被打斷）
　　　（王后拾起身旁的寶劍，準備自盡，侍女打斷）
侍　女　生為嘲風族王女，便沒有起不得身之事。起身！王女，起身！
王　后　（唱）此身從來、不由己，
　　　　　　　千斤重擔、不得息。
　　　（王后用寶劍，勉強支撐自己爬了起來）
侍　女　皆因妳一人之私欲，致使局勢有變。方才聽他之言，想是不欲張揚此事；他若不欲張揚，妳需有所決斷。事到如今，王若死——
王　后　……（虛弱的）留不得他。
侍　女　王若未死——
王　后　他更無活路了。
侍　女　您若真是明白我便放心。咱們先按兵不動，看看王是生是死，王若詐死，（指地上）憑著他隨身的佩劍，王不會不信。

第四場

（場景：后殿）

（王、王后、侍女已在場上）

王　　　戰事不利乃國之不幸，幸得嘲風族、螭吻族和睦相處。

侍　女　和睦相處……王呀，這可真是天大的笑話。王后，如今王安然歸來，您總算是可以放心，不必再擔驚受怕了。

王　　　喔？何人斗膽欺凌王后？

王　后　是……是……

侍　女　（揭開王后領巾）請您為王后作主。

王　　　王后，妳喉間的傷痕，是……？（王后啼哭）好了，休要啼哭，將事情說明白了。

王　后　這教我如何說起？

（王后看著侍女，侍女對王低語）

王　　　（唱）乍聞逆子、虎狼性，
　　　　　氣衝血湧、意難平。
　　　　　剎時便要、雷霆動，
　　　　　話至嘴邊、急收停。
　　　　　我的妻、雖然絕代風華、難比併，
　　　　　我的兒、他也是、與世無所爭。
　　　　　莫不是、兩族恩怨、相搬弄，
　　　　　斷他生路、要葬他前程。

王　　我的兒……不是這樣的禽獸。

（以下王不摘下髯口、在調度上安排分飾王子）

王　子　父王，兒臣冤枉。是母后她、她──
　　　（王后哭的更悲痛）
侍　女　（著急）王要為王后作主呀。是他見王后不肯屈從，他竟拔劍刺向王后。
王　　（看劍）這劍麼──
王　子　劍是兒臣落在后殿。當時盛怒之下，兒臣拔劍向母后，本想一劍封喉，劍至喉間，忽然念及東宮年幼……兒臣自幼喪母，不忍幼弟與我一般，故而棄擲寶劍，拂袖而去。
侍　女　好大的膽子，王的面前竟敢顛倒黑白！分明是你欲要──（被打斷）
王　后　莫要說了，我、我……
王　　你因何動怒？（頓）為何不講？
　　　（侍女暗下，帶上小王子，侍女操控小王子，看看王、王子，又看看王后，小王子來到王后身旁，王后哭著將他抱緊）
王　后　我的兒呀。
侍　女　王后，事到如今，已無轉圜，您就說了吧。
王　后　命門其下三寸有一硃砂丹痣。
侍　女　命門其下三寸（指著自己身上對應的位置），若不是意圖不軌，王后又如何得知？
王　　（怒）逆子、逆子！你竟悖逆人倫！來人！
侍　女　有！

京劇劇本《極西之地有個費特兒》　153

王　　　與我剜去他的雙目。

侍　女　是！王有令，剜去王子的雙眼！可得挖乾淨了！你這不成，我來……

　　　　（王心痛的悲鳴，取下髯口，改扮王子承受身體巨大的痛苦）

王　子　（唱）痛煞煞、百口莫辯、蒙不平，

　　　　　　　父子情、君臣義、都是等閒空。

第五場

（場景：地牢）
（王子維持上一場的姿勢癱在地上）
（侍女帶《費特兒》上，對王子說話）

侍　女　（唸書）極西之地，千百年前，曾有個戀慕繼子的王后……竊娘給王后帶回一卷《費特兒》，原本還不知道她什麼用意呢。那個極西之地的王后，在王殺了王子之後，承受不住良心的譴責也跟著了斷了。這多容易啊，是不是？生生死死都由著自己，可不是每個人都有這福氣的。

（侍女下）
（王后上）

王　后　（唱）一身流落、不忍見，
　　　　　　　　哪裡有、飛揚曾少年？
　　　　（白）來此，便是為了將你看個清楚明白，看清你如今再不如從前，好斷了我的念想——
　　　　（唱）斷不得、萬般愛戀，
　　　　　　　　江海蒸騰、更綿延。

王　子　何人來此？
王　后　是……（「是我」說不出口）

京劇劇本《極西之地有個費特兒》　155

王　子　（冷笑）原來是妳。（頓）我早已言明東宮繼位，絕不
　　　　與他相爭，嘲風族就這麼非置我於死地麼？
王　后　在你眼中，我不過是嘲風族的傀儡麼？
王　子　佈下毒計，逼我對你刀劍相向，不就是為了非要除掉
　　　　我麼。

　　　（王后天人交戰後拉起王子的手、靠在他的身上）
王　后　那不是毒計，是我的真心。
　　　　（唱）舊夢莫糾纏，
　　　　　　　只求你、一解相思、早償還。

　　　（王子推開了王后）
王　子　（冷冷的）妳這癲狂之人。
王　后　癲狂之人麼？是呀。
　　　　（唱）情思難解、念難斷，
　　　　　　　再不讓、繾綣一點、留心間。
　　　　　　　為你剜心、我也願，
　　　　　　　卻只得、三尺紅綾、斷生天。
　　　（王后欲要從身後勒死王子，卻感寸步難行）
　　　（侍女帶小王子上。小王子看見王子，懼怕的要逃走）
侍　女　您上哪兒？您讓我帶您來找王兄，這不，他就在那兒。
小王子　（頻頻搖頭）
侍　女　沒騙您，他真是您的王兄。
　　　（小王子直接逃走，侍女在後面追，同下）
王　子　（唱）荒唐人間、不願見，

　　　　　向幽冥拋卻、是非從前。

（王后勒死王子，坐在他旁邊）

王　后　到此為止了。究竟是這說不得的戀慕之心，教你在夢
　　　　中屢屢相逼；還是這夢中之事，教我對你至今難斷情
　　　　絲呢？

（彷彿告別般，王后像是躺在戀人身上，躺在王子屍身之上）

王　后　（唱）舊夢莫糾纏，
　　　　　　我與你、魂銷夢空、莫牽連。

（王后起身走了兩、三步）
（王子陡然爬了起來，壓制王后，呈現第一場的姿勢定格，
這是王后的夢境）

王　后　（O.S.）你是何人？
王　子　（O.S.）妳道我是何人？
王　后　（O.S.）（悲戚）是你……竟還是你……
王　子　（O.S.）妳要與我一同，一夜一夜的走下去，走啊、走啊，
　　　　至死方休哪。

　　　　　　　　　　　　　　　　　　　　　　　　（劇終）

《極西之地有個費特兒》
創作報告

一、創作或展演理念與學理基礎

　　《費特兒》演出之後,由於這個題材是西方文化相當有興趣的母題,受到國外專家的注意。希玫納(Ximena Escalante,劇團戲稱她 X 小姐)是費特兒的研究專家,在國光版《費特兒》中、發現了跨文化交流的精彩之處,來臺與我們討論在國外搬演《費特兒》的可能性。

　　討論過程中我受到相當大的文化震撼。希玫納表示她看了四、五次左右的演出錄影,配合著英文字幕大概也只能理解八成左右,此其一;其二在於,當中的情欲描寫她認為必須更強烈,方能說這是費特兒。(Without eroticism, it is not Phaedra and will not be understand on international stages.)希玫納不能輕易掌握劇情線索,第一個理由可能是劇本的敘事不是正敘(會議中提及故事如果能按照順序寫,會更清晰……這是她自己的看法),而是夢境與現實交錯而行;在呈現王后情欲的部分,除了窈娘的書信,我也使用夢境架構解釋。雖然是相當常見的手法,不過還是提供了豐富的表演空間,大抵是日有所思夜有所夢,書

信刺激了夢境，夢境又反過來加強書信。第二個理由則可以比較確定的是，希玫納無法分辨朱安麗何時是王后、何時是侍女，對我們來說，這有什麼不清楚的？用韻白、姿態端莊的就是王后，用京白、舉止靈巧的就是侍女，卻沒想到，這些刻意用表演做出的差別，在異文化者眼中並不成立。

同理，如果異文化者對於朱安麗細緻的做表沒有什麼分辨能力，那「夢境」造成的困擾並不是敘事跳躍，而應當是她無法從演員的神情肢體、判斷此刻台上所演是現實還是夢境。領悟到這一點，我回想希玫納的觀劇感受，得出的結論是：她的感受是真，但由於她對戲曲的表演形式陌生，她對「她的感受」做出的解釋、並依此提出的修改意見，恐怕未必到位。

大概開會開了兩次之後，劇團出現兩種聲音，一者考慮放棄，別費那麼大的勁配合外國專家（當下的情緒可能「專家」二字要打引號）的意見修改劇本、重新製作「國際版」；一者希望嘗試盡力爭取。我呢？也許比較接近後者吧。從編劇的角度，當然不會希望這齣戲只演一回，但這是跨國製作，每演一回就要將三方人馬湊齊、成本太高，「國際版」只用國光自己的演員，不論是國內加演或者國外巡演，都容易多了。

如果要做，那就討論該如何把京劇、南管、現代舞的版本換成只有京劇。最初的想法是劇本架構維持，「一樣換一樣」；南管要替代容易，跳現代舞的兩個王子呢？對於視覺相當敏銳的君芳導演說，就算是身手最俐落的武生，養成訓練不同，他的身體質感也絕對達不到現代舞者的效果，甚至在舞臺上還會看起來非常彆扭。討論到此陷入僵局，直到我說——不要讓朱安麗一人分飾二角了，重寫一個版本，X小姐不是看不懂何時是王后、何時

是侍女嗎？就讓她分成兩個演員、總不會認不清了吧？團裡人隨即附和：「而且侍女要用丑角演出」，我又接著說，王子也讓他能說能唱，除了朱安麗再找兩個演員，重做國際版《費特兒》。

二、內容形式、方法技巧與創作過程

當時意氣，只道以「彈性」自詡、以「無可無不可」為心法的我，不論寫多少個版本都不是問題。實際進入寫作才發現問題可真不少，淹煎遷延、絕非虛言，只得關關難過關關過。

由於多了兩位演員，人物架構修改如下圖：

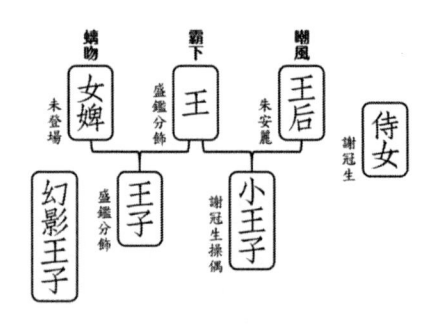

```
        蜻吻      霸下      蜥風
        女婢      王       王后
     未登場   盛鑑分飾  朱安麗
                               侍女
                              謝冠生
        幻影王子   王子    小王子
        盛鑑分飾          謝冠生操偶
```

原先顧慮到異文化的觀眾可能無法分辨演員一人分飾兩角，故而將王后、侍女分為二人，並且角色行當安排也有旦行／丑行的區別。國際版中為何還讓盛鑑「分飾」王與王子呢？考量原因有三點，第一，盛鑑分飾王與王子，可以使用髯口做為角色切換，髯口相當明顯，即便觀眾晃神一下、也不會有分辨角色的困難。其次，如果不讓盛鑑分飾二角，只演王子，戲份太少，演員情緒感受也是要顧及的現實條件。第三點與第二點密切相關，若是只

讓盛鑑演王子戲份太少，那麼，為何不直接給王子加戲？

如果說，為顧及演員感受而增加「王」的角色，這是劇本寫作時必須要計算在內的現實條件，那麼，寧可選擇增加「王」這個新角色、也不能增加「王子」的戲份，這是劇本內在理路所不能妥協之處。這裡的「不能妥協」也是因為寫過一回、才知道不能這麼寫。跨界版《費特兒》中的王子是由舞者吳建緯飾演，舞者不會在舞台上開口說話、自表心跡，他雖然與王后有互動，但由於未曾開口、由於身體質感迥異，觀眾多半模模糊糊地不把他當「實」的來看，因而不管是劇中的「夢境片段」或者「現實片段」，王子都像是王后情欲的觸發與投射，不管王后再怎麼一廂情願，也不會太過份。

然而，在國際版《費特兒》中的王子，非但說話還能開唱自表心跡。除了「山川無心江河流，願逐月華放晚舟。卻怎生、雲閒天淡難成就？雙翼折盡不自由。」他還能唱些什麼呢？明白唱出他毫不在乎王后嗎？不到最後，這個情節不能發生，否則戲就演不下去了。而且，還得做出一個「可能」，讓王后誤以為王子「可能」會愛她的「可能」。於是有了「小王子」的角色。

「小王子」在劇中的功用，主要是讓王后看見王子疼愛幼弟的柔軟面向，同時這般解讀：「如若我兒於他而言，是爭奪王位的阻礙，為何他待他依舊和善親愛？莫非他亦是留情於我？」先前構思《安娜・卡列妮娜》時，以等身人形作為安娜分身與她對話的想法，在國際版《費特兒》剛好可以用上。「小王子」不用思也不用想，絕對不可能安排娃娃生來演（喜劇啊），不用娃娃生、可以用謝冠生（劇中將扮演「侍女」），用法有兩種──

京劇劇本《極西之地有個費特兒》　161

（侍女帶著由人偶出演的六歲王子上，獨角戲，並由侍女操
　　　作小王子，做出好像在說話的樣子）
侍　　女　哎，小祖宗，您就別為難我了。
小王子　（動作示意　我想見王兄）
侍　　女　您怎麼老是如此，想見王兄，明日不就見著了嗎？何必
　　　　　非要今日。
小王子　（動作示意　拜託）
侍　　女　這可不行。

　　　只有侍女與小王子的場合，侍女僅操作小王子，並不代替小
王子說話。另一種用法是當小王子要與王子互動時，由謝冠生操
偶演出：

　　　（由侍女操作的小王子上）
　　　（侍女在這裡是「操偶師」，而非「侍女」）
小王子　王兄。
王　　子　（起身行禮）東宮殿下。
小王子　（難過）王兄為什麼這樣奇怪？
王　　子　明日冊封大典，殿下便是我霸下族儲君，自然要講禮儀。
小王子　我不要。
王　　子　尊卑有別，唉，我也不願如此，你還年幼，是不明白的
　　　　　──
小王子　我知道，他們說你要害我，不讓我見你，還要我小心
　　　　　你呢。

「小王子」的存在既讓王子有說話的對象、也讓謝冠生的表演更為豐富。只是問題層出不窮，與小孩子相處的王子，自然是表現了柔軟的一面，但話說得多了、人物形象更具體了，「情欲」的成分也少了。這些都是環環相扣，而且不是未動筆之前就能預先想到要避免的，都得要寫完一稿才看出這些問題。反反覆覆有時跟鬼打牆似的，團裡人開玩笑說：「這就跟小時候寫作文〈我的爸爸〉一樣，爸爸又沒換、文章寫來寫去還不就那個樣。」

　　總之，為了讓費特兒能是「費特兒」，情欲必不可少，於是盛鑑在本劇中要有第三種表演方式：幻影王子，幻影王子在劇中出現的兩回，是按照跨界版的情節段落修改而成。其餘有些細微的小地方調整，皆是為了不要讓觀眾覺得王后太過於一廂情願、而沒有情欲流轉的空間，茲不贅述。

　　希玫納曾說三族爭鬥的背景實在太複雜（我想是因為墨西哥沒有宮鬥劇），我也曾隨和地考慮要置換這個設定，君芳導演建議還是保留。於是我猜測，如果她因為對戲曲表演陌生，所以分不出王后與侍女，會不會也因為她不懂漢字、不知「霸下」、「螭吻」、「嘲風」取自九龍之名，目的在於營造上古氣氛、同時也約略對應每一族的性格，那麼這些族名在她（以及外國藝文愛好者）眼中只是 Baxia、Chiwen、Chaofeng 等沒有意義的拼音吧。於是最後一稿交給翻譯的時候，靈機一動，將三族族名分別改為「有熊氏」（Bear）、「螣蛇氏」（Snake）、「玄鳥氏」（Swallow），果然希玫納表示清楚多了。實際演出的版本，演員口中說的仍舊會是霸下、螭吻、嘲風，只是英文字幕換成動物族名，方便依靠字幕的觀眾容易理解，這也是意外的跨文化交流經驗呢。

不知用了多少心思反覆調整，劇本終於得到「異文化觀眾代表」的認同。在我十幾年的劇本寫作經驗中，第一個受用甚深的是 2006 年與王安祈教授合著的《金鎖記》。《金鎖記》之前，我的劇本皆是寫自己想寫的故事，沒有考慮過表現性的問題，當時對於「形式」與「內容」這對範疇之間的關係，也不是特別有體會。這是別人的故事，該如何才能好好地把它「表現」在舞臺上呢？《金鎖記》完稿後，形式／表現進入我的視野。《費特兒》從跨界版到國際版漫長的修改過程，應當就是第二個讓我在形式上面有所體會的編劇經驗了。我並不會特別覺得，把「爭取國際曝光度」當成劇本寫作時的考量，是一種媚俗而不可取的心態。戲劇的本質便是觀演交流，只有演員或只有觀眾，都不是戲劇。我傾向把「爭取國際曝光度」的寫作策略，當成一個高難度的「溝通事件」，不是理所當然的「我說了＋你聽見＝溝通完成」，而是；我在說之前，必須先考量你我的差異，我該怎麼說才能讓你明白、同時又不會太簡化我的意思。在《費特兒》兩版以前，是沒有如此鮮明意識到觀眾的寫作經驗，這也許是《費特兒》帶給我最豐富的收穫吧。

《極西之地有個費特兒》演出後一陣子，就舞臺呈現而言，似乎沒什麼問題，反而是牽扯進國家劇團路線問題後，開始有聲音質疑在藝術本質上、這樣的製作立場何在。作為專業的編劇，都是盡量滿足劇團的期望而又不失去自己的品質，我個人對於整個路線爭執，沒有太大的感覺。也可能是因為我讀書的時候，就曾經想過，為什麼京劇團不能開一條副品牌呢？那些穿古裝演戲的舞臺劇演員要駕馭古裝似乎是困難重重，戲曲演員是這麼寶貴的資產，如果有一條副品牌，可以唱一些靠近流行歌的曲子、身

段有程式支撐但是向生活化靠近,演起故事來那該多有趣啊。距離我有這種期待,一晃眼也十多年了,現在流行歌流行的「古風、戲腔」其實就跟我當年想像中的新劇種所需的音樂很接近。《極西之地有個費特兒》讓京劇打開邊界、讓視覺藝術與西方元素進入的作法,也可以是副品牌、新劇種。不過現在看來是不容易了,倒是我在第32屆傳藝金曲獎,由郭春美、孫凱琳兩位歌仔戲演員加上哈管幫與14位音樂劇演員共同呈現的作品《射日》,似乎也有新劇種的潛力。《射日》不是歌仔戲,但如果不是由歌仔戲演員主演,它很難有同樣(或更好)的效果。

《當時月有淚》如果能夠加演,我想做的更動如前所述;《極西之地有個費特兒》如果能夠重製,我會希望(1)王子回到跨界版的狀態,由身體帶有舞蹈質感的京劇演員(原本以為沒有,演出後發現不是沒有)飾演王子,把戲加在「王」的角色上。(2)或者,王子一樣由盛鑑分飾,保留少許唸白,把抒情言語、唱段統一留在王后的幻想中,「王」一樣加戲滿足演員舞臺存在感。國際版最大的敗筆就是王子不該開口說話,說越多、越不是那麼一回事,更何況還有大段的唱。檢視國際版的影像資料,只要盛鑑還留在王后的幻想中,這情調就是符合這個題材的。這大概是京劇極少有的經驗吧?一般總認為主角的唱份量一定要夠,抒情能夠渲染觀眾的情緒,誰能料到,會有這麼一個舉足輕重但不該開口的可能存在?王子是王后情欲投射的對象,話說得多了,觀眾就知道王子無情,王子無情、王后的愛慕就顯得可笑廉價;而劇團後來加上的大段自剖式抒情唱段(未收入劇本中)宣告整齣戲變成倒楣的《王子落難記》。希臘神話中愛神為了懲罰王子,而讓繼母愛上他,在跨界版《費特兒》被懲罰的是情欲纏身的王

后,而若是國際版《費特兒》,倒是坐實了愛神對希波呂托斯的懲罰了。

京劇劇本《日頭初起》

改編自音樂劇《日落大道》，未演出

第一幕

（場景：路旁夜晚。一些書會才人與伶人，帶著醉意走在歸家路上，「容妝」琴書也在其中。書會才人甲差點跌倒，才人乙扶他一把）

才人乙　當心囉。喝的忒多了。

才人甲　打從入行起，就屬今兒個最過癮。阿姐唱的真是好，金烏西沈月東升，那些個勾欄看客還不肯走。

才人乙　唱的是你的本，自然說好。

才人甲　一輩子這一本，死而無憾。

女伶甲　沒志氣，瞧瞧人家琴書的父兄，做書會才人，要做到這般才叫稱頭。

（南春晏上，在舞臺一角吟唱，眾人突然秉息凝神，唱完即下）

南春晏　（唱）紛紛細雪灑燕雲，

　　　　　　　白茫茫、不見城廓不見村。

　　　　　　　往來途路少行人，

　　　　　　　惟一抹、披紅映霜白、雪地胭脂痕。

才人甲　何人月下高歌？

琴　書　（聽聞嗓音而知）是她！是十年前專擅梨園、縱橫教坊的南春晏呀。

才人乙　今日一聞，名不虛傳。
才人甲　（感歎）也不過十年，當日轟動一時，到今朝只聞其名、竟不識其人了。
　　　　（眾人下）

　　　　（場景：路旁）
　　　　（伶人甲把書會才人江仲逸推了出去）
伶人甲　出去，阿姐讓你上別處討生活。
江仲逸　做什麼動手動腳。
　　　　（伶人乙上）
伶人乙　慢著。阿姐交代，這點錢讓你吃頓好的。（江仲逸不肯接）愛跟銀子過不去，是你家的事。（伶人乙把錢扔在地上）
伶人甲　（邊下邊說）我可沒見過誰敢這麼跟阿姐高聲低叫的。
　　　　（伶人甲、乙下）
　　　　（江仲逸盯著地上的銀子看了一會兒，掙扎一番，彎下腰來撿）
　　　　（琴書上，江仲逸撿完銀子，抬頭看見琴書）
琴　書　江先生。
江仲逸　怎麼？貞德秀還讓你送銀子來麼。
琴　書　先生的文稿，忘了。（琴書遞與江仲逸）今日之事，先生莫要掛懷。（頓）第三套確是不該這麼寫的呀，若是先生肯改——
江仲逸　哼。
琴　書　先生不以為然麼？

京劇劇本《日頭初起》

江仲逸　喔，我倒忘懷了，琴書姑娘雖是貞德秀的容妝，卻是家學淵源。便是如此，也無須姑娘費心。

琴　書　我是一番好意啊。

江仲逸　（敷衍）領教了。

琴　書　……罷了。

（琴書下。債主甲、乙上）

債主甲　秀才（江仲逸假裝沒聽到），江秀才，小弟在這兒給您拜個年了。

江仲逸　（見躲不過了）夏日炎炎，拜個什麼年。

債主乙　唷，夏天啦。時間過的可真快，江秀才，不知道您跟咱們借錢買的那塊臘肉，吃完了嗎。

江仲逸　還留著一口招待您二位呢。

債主甲　秀才啊，別老這樣挖苦咱們。

債主乙　咱們對您的情義，不說不知道。方才看您與個小姑娘說話，可沒敢出來打擾。

江仲逸　（拿出貞德秀給的銀子）就這些了。

債主甲　利息有了，還缺本金。

江仲逸　（沒誠意的拱手）煩勞二位高抬貴手，寬限寬限。

債主乙　來不使點手段，秀才是沒把咱們兄弟擱在心裡了。（一把扯住江仲逸）走！

江仲逸　放手、放手。

（拉扯之中、江仲逸掙脫，下）

債主甲　跑啦、快追。

（場景：棲霞山莊大門）

債主甲　上哪兒去啦？

債主乙　不見人影，跑得可真快。

債主甲　找找。

債主乙　甭找了，跑得了和尚、跑不了廟。那小子要討生活就得上勾欄去，到那兒守著准有。

（債主甲、債主乙下）

（江仲逸出來，前後看看，放心）

江仲逸　哼，欺人太甚。竟將我逼到此等境地，區區幾兩銀子，真真欺人太甚。（轉念一想，洩氣）這勾欄是去不得了，若叫人瞧見了他們與我當街拉拉扯扯，我江仲逸的顏面……唉。只是……（沒錢哪）

（幕後傳來女聲歌唱，是南春晏的聲音，唱後文中《和闐玉碎》中曲詞）

南春晏　（唱）大宛飛黃沙、天際湧雲浪，

　　　　　　　和闐飄零人、悶厭厭、斜倚小樓窗。

江仲逸　（唱）（被南春晏歌聲迷住，恍惚）

　　　　　　　未知何處、送清商？

　　　　　　　一時人間天上、同披流霞光。

（歌聲止息之後，江仲逸回神，抬頭看著方才躲進去的大門，上有匾額）

江仲逸　棲霞山莊。

（燈光忽明忽滅，在明滅中，李泰掛髯口、頂著一張慘白無人色的臉，突然出現。以下問答李泰的回答多半慢半拍，以為他不會回答的時候，他又開了口）

京劇劇本《日頭初起》　171

李　泰　手藝人，你遲了一日，夫人不耐煩了。（轉身）隨我來吧。（見江仲逸不動）事情辦好了，夫人不會虧待你的。

江仲逸　貴府夫人是哪位？

李　泰　讓你來此的，未曾與你講明麼。

江仲逸　敢問夫人要什麼？（李泰持續不說話，令江仲逸覺得詭異，停步）要什麼？

李　泰　手藝人，你能做的還有別的麼？

江仲逸　江仲逸有名有姓，不是什麼手藝人──

　　　　（幕後再度傳來南春晏的歌聲）

南春晏　（唱）昨夜猶掛芙蓉帳，
　　　　　　　今宵獨臥、世情冷暖多淒涼。

李　泰　日色將落，莫要耽擱了夫人練功的時辰。

江仲逸　是何人竟有這樣的嗓音……

　　　　（李泰一徑的下。江仲逸雖然躊躇，卻被這聲音吸引，索性隨下）

　　　　（場景：棲霞山莊客廳）

　　　　（李泰、江仲逸上，江仲逸一眼就看見懸掛在客廳一件精緻非常但款式過氣的戲服與鳳冠，走過去想要細看）

李　泰　當心了，你賠不起。

江仲逸　（不高興）縱是金絲織就、琉珠為飾，這些年未曾見過這樣的款式，只怕過時了。

李　泰　（沒有生氣，對這件戲服有隱隱的迷戀）星移斗轉、時遷世變，金絲仍是金絲、琉珠還是琉珠，減不得它半分。它的好，你哪裡看得出來呢。

（南春晏上）

南春晏　（唱）雖則是、負心人兒一般樣，
　　　　　　　怎受得、他色遷容變忒張狂。
　　　　　　　細數往事幾斷腸，
　　　　　　　尋思且教他、平分此恨共品嘗。

李　泰　《和闐玉碎》的這首曲子，唱的益發好了。

南春晏　把人帶到秋兒房裡吧。天熱，動作得快些兒。

李　泰　（對江仲逸）請。（見江仲逸搞不清楚狀況）隨我來吧。

（李泰將江仲逸帶至台邊，江仲逸往後台走了一兩步，隨即倒彈出來）

江仲逸　（驚嚇）這侏儒死了與我何干？

李　泰　秋兒不是侏儒，認清了，是白猿。

江仲逸　不是侏儒，為何身著人服，頭帶人冠？

李　泰　手藝人，你只需與秋兒製作棺木，不必多問。

江仲逸　我是個寫本的書會才人，哪裡會製作棺木？

（婢女甲上）

婢女甲　總管，您要找的人來了，在外頭候著呢。

（李泰下）

江仲逸　既是誤會一場，江某告辭。

南春晏　先生留步，先生方才說是書會才人麼？（江仲逸點頭）給先生上茶。

婢女甲　是。

南春晏　先生，請坐。（江仲逸猶豫）坐呀。（兩人坐下）我正

京劇劇本《日頭初起》　173

　　　　想找個人與我看本,可巧,先生就來了。先生可知我是……(見江仲逸不認識他)先生認不得我麼?想必是外地來的,才會不知這棲霞山莊住的是什麼人。
江仲逸　夫人賜教。
南春晏　(不想自己說自己是誰)先生既然是寫本的,煩請先生瞧一瞧我的本。雖說在梨園教坊打滾了十來年,什麼是好、什麼是不好,我呀是清清楚楚的,不過麼……唱戲我在行,寫起本麼,總覺得少那麼個商量的人。
江仲逸　這……(猶豫,想起剛才的噁心死白猿、還有李泰態度很差)
南春晏　若有失禮得罪先生之處,盼先生莫要見怪,不知者無罪,將您錯認手藝人,是南春晏唐突先生了。
江仲逸　(驚訝起身)夫人便是南春晏?
南春晏　(覺得收到效果了,得意的微笑)先生請坐。(斷定江仲逸不會拒絕他,對婢女甲)與我將文稿取來。
婢女甲　是。
南春晏　先生既知「南春宴」,我亦不瞞先生,近來有些懷念從前的急管繁弦呢。
江仲逸　如此請教,夫人所寫,所據本事為何?
南春晏　雖有本事,卻不為中原熟知。乃是當年我尚在勾欄之時,一個色目人與我言講的,乃是流傳於西域和闐一帶的故事……(後文有線索透露即希臘悲劇《米蒂亞》)
　　　(唱)當日作場無虛席,
　　　　　黃髮垂髫皆稱奇。
　　　　　日落人散笙歌稀,

席中有客、曲終猶聞、唧唧諮諮聲不已。
客言來處沙萬里，
女子剛強不可欺。
道我恰似和闐玉，
為說古國舊傳奇。

江仲逸 （唱）和闐女子風霜歷，
聽罷誰能不憐惜？
人情反復、只在旦暮間，
心有所感同悽悽。

（白）江某對這和闐女子倒有幾分欣羨，天不與她公道，她便與這世情自討個公道，不似江某……不說了。若能於勾欄搬演，必是轟動教坊。

南春晏 （喜）先生所言當真麼？

（李泰帶文稿上）

李　泰 文稿取來了。

南春晏 勞煩先生。

江仲逸 （隨手翻一翻）夫人是否將舊稿也擱置在內？

南春晏 什麼舊稿？

江仲逸 就是些寫壞的、不要的文稿。

南春晏 （臉色微變）什麼寫壞的不要的，都是要的，一頁不能少，一行不許動——（看江仲逸表情怪異，裝笑）要請先生替我斟酌幾個字，做我的一字師。

江仲逸 夫人可知雜劇一般以四套曲為限？

南春晏 先生以為王實甫《西廂記》如何？王實甫尚可寫它五本二十套，我欲效法前賢，有何不可？《和闐玉碎》不過

　　　　　　八本三十二套。
江仲逸　八本三十二套……（挖苦）震古鑠今哪。
南春晏　（渾然無所覺，喜）先生過獎了。
　　　　（唱）初見只道人尋常，
　　　　　　　聞此言、不由我對他細打量。
　　　　　　　眉目神逸稱俊朗，
　　　　　　　言談不凡透靈光。
　　　　　　　年少公子識見廣，
　　　　　　　知我筆下珠璣藏。
　　　　　　　好一個、知音的人兒從天降，
　　　　　　　助我粉墨再登場。
江仲逸　（唱）語帶嘲弄對她講，
　　　　　　　誰知是、色舞眉飛氣昂揚。
　　　　　　　一絲疑惑來心上，
　　　　　　　不由我、細思再打量……
　　　　　　　衣袍華貴世無雙，
　　　　　　　深居簡行、緣何粉墨豔濃妝？
　　　　　　　砌末行頭隨處有，
　　　　　　　不見日用、隱隱約約訴荒唐。
　　　　　　　棲霞山莊、儼然一座大戲場，
　　　　　　　此人料是不尋常。
　　　　（白）（想溜）天色將晚，夫人大作只怕不及拜讀，江某擇日再訪。
南春晏　先生首一頁尚未讀完呢。何不留在棲霞山莊，與我一同用膳。（獨斷的吩咐婢女甲）吩咐下去今夜早些開膳。

（婢女甲下）

江仲逸　多謝夫人美意，我還要趕著出城呢。

南春晏　只怕趕至之時，城門早已關閉，先生回不去了。用過晚膳，我讓人與你收拾房間，棲霞山莊不愁無有招待貴客之處。

江仲逸　這個麼……

南春晏　（看著李泰，要他幫忙）李哥。（李泰走到南春晏身邊，低聲說了些話）先生若肯屈就大才，謝禮必定令先生滿意。（對婢女甲）取銀子來。

（燈漸暗。江仲逸聽到銀子，猶豫。南春晏請江仲逸就坐，兩人做比肩一同研究劇本貌）

第二幕

　　（場景：後臺）
　　（時間：李泰從前的回憶）
　　（「玉兒」上，神色緊張，一會兒以手掩面，一會兒又來回的踩著方步，彷彿等著什麼人似的，不住往遠方張望）
玉　兒　急死人了，怎麼還不來嘛。
　　（摘下髯口的李泰上，帥氣、充滿精力，與在棲霞山莊中的李泰判若兩人）
李　泰　玉兒！
玉　兒　（親密的撲過去）我當你忘了今兒個什麼日子了。
李　泰　傻丫頭，瞧。（拿出一副頭面）
玉　兒　（驚喜、注意力完全被吸引）哪裡尋來的這副頭面？
李　泰　莫說玉兒急，我比妳更急哪。喜歡麼。
玉　兒　（眼光仍舊停留在頭面上）總是要李哥為我這樣費心……
李　泰　快戴上吧。（替玉兒戴上）戲就要開演了，妳頭一回登臺，可不能有什麼閃失。
玉　兒　你與我再對上一回詞。
李　泰　不都記熟了麼？
玉　兒　再與你對一回，上了台才安心。
李　泰　（唱）鑼鼓喧天，

　　　　　　我與妳、道白曲文、耳鬢邊兒低聲念。
玉　兒　（唱）急管繁弦，
　　　　　　你與我、紅氍毹毹、腳蹤相憑兩流連。
　　　　（白）李哥，我好看麼？
李　泰　（唱）妝成旁人妒又羨，
　　　　　　更不提、沈魚落雁。
　　　　　　舉手生虹霓、步履踏輕煙，
　　　　　　我的玉兒呀、宛若個天仙。
玉　兒　（白）頭回登臺唱主角，還是有些兒的怕呀。
李　泰　（白）有我呢。
　　　　（唱）天資聰慧難得見，
　　　　　　但看今朝、一曲驚梨園。
　　　　　　隨定我、相偕同上戲臺階，
　　　　　　（唱至此處，李泰停在原處，讓玉兒一個人走到舞臺中央，燈光打在玉兒身上，彷彿一場成功的演出後，她接受眾人的掌聲。而李泰默默背過身去，帶起髯口）
　　　　　　料得從此、天下傳唱南春晏。

（場景：棲霞山莊客廳）
（李泰、江仲逸上）
李　泰　先生睡的可好？
江仲逸　日出方歇，江某不慣。敢問夫人何在？
李　泰　昨夜夫人與江先生徹夜對坐、談戲論稿，至今尚未起身。
江仲逸　（從懷中掏出一包銀子）如此，煩請總管轉交夫人。

京劇劇本《日頭初起》　　179

李　泰　先生何意？

江仲逸　怕是有負夫人交托。

　　（南春晏上）

南春晏　先生要走麼？

江仲逸　夫人的大作恕江某無能贊一語。

南春晏　先生昨兒個隨意指點之處，頗為受用，怎說幫不上忙呢。

江仲逸　不過寥寥數字，算得什麼幫忙。叨擾一夜，江某要走了。

南春晏　莫不是棲霞山莊有待慢先生之處？李哥——

江仲逸　夫人莫要誤會——（被打斷）

南春晏　還請先生聽我一言。

　　　　（唱）昨夜晚、燈下比肩把戲談，
　　　　　　說古也道今、兩相盡歡。
　　　　　　我心有所思、先生亦有感，
　　　　　　論至神會心契處、更勝言傳。
　　　　　　我自知、秉性孤高難為伴，
　　　　　　交遊雖少亦非淺，
　　　　　　也曾與人、夜中秉燭至達旦，
　　　　　　誰知話至深處、猶隔一間、寂寞更難遣。
　　　　　　一生為戲癡迷戀，
　　　　　　奈何長是、台下獨行、臺上自承擔。
　　　　　　歸隱幽居已十年，
　　　　　　繁華漸也成雲煙。
　　　　　　一夜獨立小院中，
　　　　　　彷徨反側來無端。
　　　　　　信步東西庭樹暗，

南北往來擊佩環。
幾度撲跌心緒亂，
張口啞啞不能言。
忽爾昂首向天看，
月華恰正破雲關。
氣血刹時隨翻轉，
引吭高歌和冰盤。
高歌和冰盤、方知心不甘，
心不甘、一身巧藝、從此無人見。
神魂強健魄猶堪，
為何幽閨任自憐？

（白）先生啊。

（唱）我猶有志操管弦，
先生何忍袖手觀？
先生亦是有心人，
何肯浮沈在劇壇？

江仲逸　（唱）他言詞躍躍情切切，
我猶疑不定實難決。
昨夜晚、暢談梨園兩心悅，
品評高低優劣別。
我所鄙者、他亦報之以輕蔑，
他所許者、我亦目之為人傑。
正當是、落拓彷徨前路絕，
竟有一人、慧眼識才學。
曲高無人堪並列，

　　　　隨定他、必是平步登雲階。

　　　　本當是、共造一番大事業，

　　　　一事懸心未能決……

　　（白）江某深感夫人盛情——

（家丁甲上，打斷江仲逸）

家丁甲　總管——（發現自己打擾正事，準備退下）

李　泰　回來。事情辦好了麼。（伸出手，家丁甲將借據交與李泰）

家丁甲　小人告退。（家丁甲下）

（李泰將借據擱在桌上，做手勢請江仲逸看）

江仲逸　這是何物？……（不高興）是我的借據。

李　泰　夫人的誠意在此。先生看著辦吧。

江仲逸　（仍然不太高興）感謝夫人慷慨為在下解危，看來這個忙江某是不得不幫了。不過麼……夫人若是只要江某更動數字，那是小覷了江某的本事，還請人另擇高明。

南春晏　（笑）先生便是為此事躊躇？先生多慮了，南春晏亦是個講理的人，只要先生說的出道理，有什麼改不得的。昨日說到哪兒了？

江仲逸　第一本第四套的兩支曲子。

南春晏　按先生的意思是……（兩人繼續討論）

　　（與此同時，家丁甲帶貞德秀班主上，與李泰在另一邊談話。

班　主　（低聲）李老闆，不到萬不得已，我不會求您幫這個忙。

李　泰　是誰的主意？

班　主　她不知道我來這兒，只說要我無論如何都得找一件出

來。前日失火，什麼不好燒偏偏燒壞了那一件，再過兩日便是小王爺壽誕，讓她去呢。李老闆，城裡能拿得出手的就屬這兒，我呀求您了。

李　泰　她讓你找一件，豈會不知哪裡才有？讓她自個兒來說吧。

班　主　這不是為難我麼。

李　泰　（對家丁甲）送客。

班　主　（聲音開始變大）李老闆，您別這樣，咱們再商量商量……

（另一側的南春晏聽見班主的聲音，出來，剛好看見班主的背影）

（班主下）

南春晏　什麼人？

李　泰　（想隱瞞）無有什麼。

南春晏　方才是何人？

李　泰　送些水酒的。

南春晏　怎麼聽著像是貞德秀的班主？

李　泰　聽錯了。

南春晏　瞧著背影也像。

李　泰　認錯了。

南春晏　……備車。

李　泰　上哪兒。

南春晏　你不肯說，我自個兒去看。（頓）看看是不是貞德秀倒了嗓，求我到他班裡去。（欲下，臨去前）我知曉這些年你比誰都高興，見我困在棲霞山莊裡，你比誰都高興。

京劇劇本《日頭初起》　183

（南春晏下）
李　泰　（唱）悶幽幽、天地都沈，
　　　　　　　今生如此、莫非前世埋夙因？
　　　　　　　為伊精神俱費盡，
　　　　　　　日久人老歲亦深。
　　　　　　　冷言怨語時有聞，
　　　　　　　情仇幾許、愛恨已難分……
　　　　（白）來人。（家丁甲上）與夫人備車。
家丁甲　回總管，今日還需安排麼？
李　泰　少不得一回。
家丁甲　時刻倉促，只怕不好安排。
李　泰　嗯？
家丁甲　小人盡力便是。（家丁甲下）
李　泰　（唱）餘生何如不必問，
　　　　　　　只向舊夢索餘溫。
　　（李泰下）

　　（場景：棲霞山莊大門）
　　（債主甲、債主乙上。另有市民數人）
債主乙　唷，老兄，你也來啦。
債主甲　在家閑了數日，出來賺賺零花錢。
債主乙　今兒個徵召的有點急啊。
債主甲　待會使勁喊、用力喊，哄的夫人開心了，明兒個還來呢。
債主乙　（側耳傾聽聲）噓噓，車輪聲！門要開了。

　　　　（棲霞山莊大門緩緩打開，李泰駕著馬車，載著南春晏上場）
債主甲　（招手，大喊）來了、來了，大夥兒上！
眾市民　（唱）前推後擁加把勁，
　　　　　　　比做個、潑刺刺衝鋒陷敵營。
　　　　　　　小叫大呼屋瓦震，
　　　　　　　拼得個、轟隆隆雷霆動萬鈞。
　　　　（白）南春晏！南春晏！
南春晏　（唱）慣聽人聲響破空，
　　　　　　　自是我、風華猶有春意濃。
　　　　　　　漫捲車簾當風迎，
　　　　　　　猶見往日舊光景
　　　　　　　那一個、氣咻咻耳赤面通紅，
　　　　　　　他怨我、車駕頻催忒疾行。
　　　　　　　這一個、喘噓噓、奈何半步不肯停，
　　　　　　　他怪我、幽徑深居芳蹤隱。
　　　　　　　誰道是、當年勝事絕餘韻？
　　　　　　　何來這、亦步亦趨隨車行。
　　　　　　　不枉我、粉墨作場二十載，
　　　　　　　指點梨園幾許春。
　　　　　　　大都伶人影重重，
　　　　　　　怎比我、會有萬丈日飛升。
李　泰　（唱）手攬玉轡不揚鞭，
　　　　　　　我為她、只教車駕徐徐行。
　　　　　　　但看人群相簇擁，
　　　　　　　又重見、少年奪目貫日虹。

　　　　　平日裡、弦歌不輟勤練功，
　　　　　總難掩、蕭索眉目、意懶更心慵。
　　　　　門首華燈日丁零，
　　　　　洩氣的話兒、她卻是、一句也不曾。
　　　　　爭臉要強從來是，
　　　　　如何不惜也不疼？
　　　　　回首向來凝眸處，
　　　　　梧葉黃、蘋花老、會有疏影伴孤燈。
李　　泰　諸位鄉親，讓讓，讓讓，夫人的車駕要起了。
　　（李泰、南春晏下。家丁甲上，眾人圍了過去領薪水）
家丁甲　（發錢）老規矩，一個人兩吊錢。
債主乙　你們夫人就愛這派頭啊？
家丁甲　拿了錢就走，少囉唆。
　　（眾人下）

　　（場景：勾欄後臺）
　　（許多伶人忙進忙出，準備貞德秀的演出）
眾女伶　（唱）照花前後鎏金鏡，
　　　　　　織就梨園錦畫屏。
　　　　　　一室脂粉鬥芳馨，
　　　　　　伶人兀自逞娉婷。
女伶甲　誰見著我的耳墜子啊？
女伶乙　這兒呢。
女伶甲　琴書呢？阿姐那兒還沒忙完麼。
女伶乙　（笑）好大的膽子哪，琴書是阿姐的人，就妳敢讓她替

　　　　　你梳頭。
女伶甲　這可是阿姐應允我的,妳吃的什麼醋。
女伶乙　我吃的什麼醋?我還承望妳往後提拔提拔呢。
　　（女伶丙奔上）
女伶丙　妳們猜誰來了。
女伶甲　誰來了這樣大驚小怪的?
　　（南春晏、李泰上。女伶甲看了驚訝的站起來）
　　　　　班主、班主快來啊,南春晏來了、是南春晏來了。
眾女伶　（耳語）她便是南春晏?／她來做什麼呀?／唷,徐娘半老風韻猶存。／當年就是咱們阿姐與她打的對台,叫阿姐一戰成名哪。
　　（班主上）
班　主　唉呀夫人,您來了。您真是太客氣了,派個人來就好麼,怎麼好意思勞駕您親自走這麼一趟。李老闆,您怎麼沒攔著夫人呢。
南春晏　說的什麼呢。（輕描淡寫）他憑什麼攔我?
班　主　夫人的慷慨相助,我必是銘記在心。（短暫沉默,看南春晏沒有什麼說起戲服的事）李老闆,這戲服的事——
南春晏　是我的事,你與他說做什麼。細節你明兒個到山莊來再談吧。
班　主　是是是。
南春晏　（還看四周）我瞧你這兒忙著呢,怎麼是誰要演出啊?
班　主　夫人,您真愛說笑,不就是呢……貞德秀麼。
南春晏　貞德秀?她不是倒——（南春晏一驚,知道自己搞錯了）
李　泰　夫人,回去吧。（李泰轉身,南春晏在他身後。突然追

京劇劇本《日頭初起》　187

　　　　上擋在李泰前面,看著李泰,怪他為何不說)……回去吧。
南春晏　(低聲、怨恨)你知道……你知道還讓我來!
　　　(南春晏拂袖而下)

第三幕

（場景：棲霞山莊客廳）
（容妝甲為南春晏化妝，婢女甲隨侍在側）
南春晏　（不耐、揮手）好了、好了，別弄了，憑妳這點本事還能混的下去，便知今日的勾欄淪喪成什麼樣了。回去吧。
（容妝甲下）
南春晏　第幾個了？
婢女甲　回夫人的話，這是第七個了。
南春晏　哼，這些個容妝，怎麼就沒一個教人看得上眼。
（李泰上）
李　泰　沒一個合意麼。
南春晏　南春晏東山再起，任何一處皆馬虎不得。縱是翻遍勾欄，也得與我找一個出來。（頓）江先生呢。
婢女甲　回夫人，還沒起呢。讓奴婢叫他麼。
南春晏　（微笑）無妨。江先生初來之時，直道不慣日出方歇，不到一月，日正當中倒也是一樣安眠了。

（家丁甲領琴書上）
家丁甲　夫人，您找的人來了。
南春晏　姑娘如何稱呼？

京劇劇本《日頭初起》　189

琴　書　夫人喚我琴書便是。

南春晏　麻煩琴書姑娘與我試試新妝。

琴　書　是。

　　　　（唱）葵瓣青瓷盛白粉，

　　　　　　　取些兒、輕按細壓撲面勻。

　　　　　　　再取胭脂掌中暈，

　　　　　　　飛霞點染雙頰紅。

　　　　　　　雖有歲華暗留痕，

　　　　　　　眼角唇畔、也曾是芙蓉美人。

　　　　（白）夫人請看。

南春晏　（被自己的容顏迷住）這便是時下的新妝麼。

婢女甲　夫人可真好看。

　　（江仲逸上）

南春晏　先生來的正好──

江仲逸　（看了南春晏，沒注意她化的新妝，而是注意到琴書）琴書姑娘為何在此啊？

琴　書　江先生又為何在此？

南春晏　（不太高興江仲逸忽略他）原來是仲逸舊識。

江仲逸　怎麼，貞德秀捨得妳離開？

南春晏　與貞德秀什麼相干？

江仲逸　琴書姑娘是貞德秀一日都少不得的容妝，與我們這樣隨處皆是的書會才人大不相同。

琴　書　江先生為何這般刻薄。阿姐拿的主意也非我做的了主，何必將氣都發在我的身上？

南春晏　姑娘請回吧，江先生現下在此與我寫本，棲霞山莊不會

虧待他。
婢女甲　姑娘請隨我來。

　　（琴書、婢女甲下）
南春晏　（對李泰）是你尋來的？倒知道往貞德秀身旁要人。存心叫我難堪。（李泰不想辯解，沉默）江先生，江先生？
江仲逸　夫人喚我麼。
南春晏　咱今日別改本，到外頭散散心解悶吧。
江仲逸　（有氣無力）還是改吧。
　　（兩個人往桌子移動，江仲逸坐下，南春晏一旁站立觀看）
南春晏　先生這番更動，未必有我原來的好……（片刻）欸欸、這首曲子我看無有什麼需要更動之處，先生改了回來吧……（片刻）先生不知道，勾欄的看客愛看的是什麼，是南春晏哪，此處不該是這個寫法的……（片刻）不知，江先生與那琴書是何干係啊？
　　（燈漸暗，只留下桌子一腳的燈光，江仲逸繼續工作，南春晏下）
江仲逸　（唱）就硯懶調墨、墨消盡、人亦瘦，
　　　　　　惟有紫毫筆、愁思飽蘸、落處更成愁。
　　　（白）想我江某呵——
　　　（唱）執筆墨、要爭個郎君領袖，
　　　　　　待好風、成就下浪子班頭。
　　　　　　哪曉得、反遭逢、筆搓墨又揉，
　　　　　　千斤文字、拖磨志氣休。
　　　　　　才把這、血淋淋實情看透，

京劇劇本《日頭初起》　　191

原來我、做不得響噹噹一粒銅豌豆。

（南春晏執燈上）

南春晏　（唱）掌孤燈、燈下朦朧影相偶，
　　　　　　　暗笑他、書呆子、書案只埋首。
　　　　　　　他為我、夜深只把孤燈守，
　　　　　　　搜索枯腸無怨尤。
　　　　　　　我為他、也願同把風露受，
　　　　　　　素手暖酒添燈油。
　　　　　　　我是個、場上擅手，
　　　　　　　他是個、案頭俊秀，
　　　　　　　但願得、長夜永漏月如勾，
　　　　　　　女兒心事總是羞。
　　　　　　　他無琴、我無瑟、筆墨權充佳音奏，
　　　　　　　料他年、一曲傳唱、別樣的風流。

（南春晏充滿感情的凝視著江仲逸）

南春晏　改明兒給你買件貂皮襖子。
江仲逸　（低頭看稿，不抬頭）多謝夫人，只怕瑞雪時節江某已然離開棲霞山莊。
南春晏　你要走？
江仲逸　（低頭）本改完了，江某還留著麼？
南春晏　……這可不成，先生得幫著我。
江仲逸　（低頭）江某可沒李總管的本事，大大小小打點的一分不差。
南春晏　可我需要的是先生。
江仲逸　（終於擱下手中的筆，抬頭）我麼？

南春晏　是啊、只有先生能幫我，能幫我再回到戲臺之上。

江仲逸　（經過這段時間，江仲逸盡折銳氣）哼，我有什麼能耐？我要是真有本事，又怎麼會在這裡與夫人斟酌字句。

南春晏　（忽視他不想聽的）先生怎麼這麼說？先生的才氣我是最清楚不過的──（被打斷）

江仲逸　（起身）夫人攢下這樣的家底，要重回戲臺有何難處？銀子砸的下手，事兒哪一椿辦不下來？就是那些戲閣台棚不肯讓夫人登臺，夫人買它一座又何妨？

（南春晏突然變得很嚴肅，而且彷彿刺到他的傷口似的）

南春晏　是他們該來求我。（江仲逸驚訝他會有這麼強的情緒）該來求我南春晏到他們的戲閣台棚扮戲。想當年，只要插著南春晏的戲標，哪一處不是高朋滿座？南春晏打從二十歲登臺，除了頭一回座兒沒滿，往後的每一場戲皆是座無虛席。當初如此，往後依然。（情緒急速變回原來）如今又有了先生的生花妙筆替我這個本兒點鐵成金。（看著江仲逸一時回不過神）先生發愣哪。（按著江仲逸的肩頭重回桌前）來來來，還請先生多費心趕趕工，我不是催著先生早日離開，（嬌嗔）你呀！就是改完了也不許走，還得替我寫第二本、第三本。

（南春晏替江仲逸磨墨倒茶）

（李泰上，在邊上看著一切）

（南春晏下。江仲逸又工作了一陣子，直到天亮。李泰走到江仲逸前，江仲逸沒發現，李泰高傲的替他把茶斟滿，這是李泰表達他認可江仲逸的方式）

李　泰　一夜無眠，你倒是盡心盡力。
　　　　（江仲逸不搭理李泰，李泰轉身離開）
江仲逸　（擱筆）夫人為何不再登臺？
李　泰　（背對著江仲逸）若是不再登臺，留先生「這樣的人才」在此何用？
江仲逸　就是年歲大了些，憑夫人的條件又何必要什麼新本呢。
李　泰　（沉默片刻，半轉過身，真誠）你喜歡她的曲藝麼。
江仲逸　宛若迦陵仙音，誰能不動心。
李　泰　她是個心高氣傲的，受不得誰與她比並高下，不是永不登臺，就是一登臺便要震驚梨園。
江仲逸　就憑這本兒，要轟動教坊……（苦笑）難矣。
李　泰　先生先前不是這麼說的。
江仲逸　和闐女的故事縱然動人心弦，夫人的本子卻要一番重整。
李　泰　夫人不說了都隨你麼。
江仲逸　每動一字，便要說清講明緣何更動；每改一曲，更是費盡唇舌好生安撫，更遑論要刪去數套曲子。
李　泰　先生的話，為何不對夫人說了？
江仲逸　聽不入耳。
李　泰　夫人不是這樣的，就是別的事不聽人言，只要是戲的事，卻都反覆推敲、參酌再三，不會獨斷獨決。
江仲逸　（冷笑）是麼？
李　泰　江先生誤會夫人了。
江仲逸　怕是李總管不曾體會。（停頓片刻）夫人醒來，替我告個假。
李　泰　先生要往何處？

江仲逸　難道我是棲霞山莊的囚徒麼？（自嘲）夫人替我處理了債務、又與我一身錦衣玉袍，我若不去走動走動，露臉一番、炫耀一番豈非辜負夫人美意？

（江仲逸下、李泰下）

（場景：勾欄之前）

（江仲逸上）

江仲逸　（苦笑）緣何我又來至此處、來至這勾欄之前？腳蹤兒啊、腳蹤兒，究竟是往日習性、還是我的真心？即便做不得關漢卿、比不得鄭光祖，終究拋捨不下一根光禿禿的筆桿兒麼……（歎氣）

（琴書上，看見江仲逸站在勾欄之前，想著還是避開吧）

江仲逸　琴書姑娘。

琴　書　（打個招呼）江先生。（隨即要走）

江仲逸　姑娘留步。（琴書停下腳步）那日，在棲霞山莊的那一日，是我的不是。不該將氣出在姑娘的身上。

琴　書　（歎氣）阿姐便是如此，她秉性涼薄，不獨對你一人如此。若是哪一日我對她沒了用處，再不能替她容妝梳頭，只怕她也不會留什麼情面。

江仲逸　是啊，我對她是沒了用處。

琴　書　先生不必如此，南春晏未必不如貞德秀。我見她甚重先生之才——

江仲逸　我若是有才，便該像令尊令兄一般受人禮遇。又怎會讓人趕了出來，落拓才人與個過氣伶人，成日的掛酌字句。

琴　書　先生為何妄自菲薄至此？

江仲逸　琴書姑娘自小必是衣食無憂，又憑著巧藝一路順遂，自是說的輕易。

琴　書　先生可記得《梅林怨》麼？

江仲逸　貞德秀只用我兩個本子，《梅林怨》便是其一。

琴　書　先生之作興許投不了阿姐的意，可未必不好。（頓）先生身為男子，竟能深解唐朝梅妃失寵的落寞與孤寂。關目曲情無一不絲絲入扣、情懷繾綣。琴書感同身受，自此便著意留心先生——留心先生的文才。

江仲逸　琴書姑娘錯愛了。

琴　書　我不是對先生留心，是對先生之作留心唷。

江仲逸　是、是，是江某唐突了。

琴　書　琴書祝先生與南春晏之作一鳴驚人。

江仲逸　……（情緒變低）只怕此劇永無搬演之期。

琴　書　先生何出此言？

　　　（江仲逸搖頭一言不發，與琴書別過）

　　　（江仲逸、琴書下）

第四幕

（場景：樓霞山莊客廳）
（李泰上，站著等人。江仲逸上）

李　泰　上哪兒去了？
江仲逸　與你無關。
李　泰　夫人等你一整夜了。
江仲逸　我累了，有事待我醒來再談。
李　泰　（攔住他）夫人等你呢。
江仲逸　有什麼了不得的事麼？
李　泰　夫人不吃不喝不睡──（被打斷）
江仲逸　病了？病了該去請大夫才是。
李　泰　（勉強自己好聲好氣）江先生，看看夫人去吧⋯⋯
　　　　（南春晏上，一臉憔悴）
南春晏　回來了。
　　　　（南春晏步履搖晃的走向江仲逸，李泰見狀，欲要攙扶，卻被南春晏輕輕的推開，她走到離江仲逸一步之遙處）
南春晏　天就要亮了、還不見你的人影，我當你⋯⋯（哽咽）當你不回來了。（開始掩面啜泣）
江仲逸　（無奈）沾眼抹淚的，做什麼呢。
南春晏　（抽搭）一覺醒來，不見你的身影，李哥說你出去了，半晌便回來。我還不急呢，你出去逛逛也好，日夜改稿，

京劇劇本《日頭初起》　197

別不是悶壞了。可等啊等，幾個時辰過去了，我便怕起來，怕你……怕你……

（南春晏放聲大哭，江仲逸見狀只好走過去，拍拍南春晏的肩膀，南春晏順勢倒入江仲逸懷中。李泰在後舞臺中央的位置，背過身去，不想看）

南春晏　　（唱）誰引湘水做情淚，
　　　　　　　　涕零雨面慘峨眉。
　　　　　　　　幾回風吹動簾帷，
　　　　　　　　都道是、你披星踏月急急歸。
　　　　　　　　幾回樓上小窗推，
　　　　　　　　楓紅寂寞撩亂飛。
　　　　　　　　一夜裡、滾燙著山搖海沸，
　　　　　　　　憂愁人去影難追。
　　　　　　　　若是此後各南北──

江仲逸　　（白）我不過去了一夜。

南春晏　　（唱）一夜長似千百歲。
　　　　　　　　月低垂人不寐，
　　　　　　　　怕心字漸已燒成灰。
　　　　　　　　就是這、和闐玉兒打了個粉碎，
　　　　　　　　強勝你千喚不一回。

江仲逸　　（唱）我生之初、她春華正好綻蓓蕾，
　　　　　　　　要與日月共爭輝。
　　　　　　　　輕取梨園奪首魁，
　　　　　　　　我卻是、一事無成運衰頹。
　　　　　　　　她是個、睥睨孤高常自許，

　　　　　卻為何、對我折腰也低眉？
　　　　　一時難解這滋味，
　　　　　博山爐、沉水香、滿目迷蒙霧霏霏⋯⋯
　　　　　慢廝連、緊相偎，
　　　　　最是無酒人也醉。
李　　泰　（唱）這光景、醒時夢裡又幾回，
　　　　　早慣了、痛撤心扉。
　　　　　不問情字是與非，
　　　　　問蒼天、何日能教我意冷心灰。
江仲逸　哭什麼呢。本子沒改完，我往哪兒去啊。
南春晏　嗚嗚，本子改完你就不留下了麼，我待你不好麼，你要什麼我都買給你，就是要整個棲霞山莊都行，只要你別走⋯⋯
江仲逸　又說什麼傻話，好了，別哭了。哭壞了眼睛，拿什麼讀本哪？妳最緊要的不就是《和闐玉碎》麼。
南春晏　（仍舊在抽搭）先生還陪著我麼。
江仲逸　我累了⋯⋯夫人歇去吧。
南春晏　先生陪著我，我睡下了你方能走。
江仲逸　這⋯⋯（南春晏拉住他的手）
　　（江仲逸、南春晏下。隨後二人發生關係）

　　（場景：李泰的回憶。李泰仍舊背著身，摘下髯口，當他再轉過身時，又在回憶場景之中）
　　（玉兒上）
玉　兒　李哥？李哥？唉呀、李哥！

李　泰　（轉身）夫人喚我麼？
玉　兒　什麼夫人，我這兒急的跟什麼似的，你在那做白日夢。人呢，我讓你找的人來了麼？
李　泰　就來了、就來了。
　　　　（笛師上）
玉　兒　（興奮）先生來了哇，我等先生許久了，南春晏何德何能，今日得見大都首屈一指的笛師，先生笛藝風神古雅，聽者回味無窮，南春晏仰慕已久，盼先生有以教我。
笛　師　姑娘的曲藝名列教坊，又何需在下──（被打斷）
玉　兒　（急切的）先生不肯教我麼？
李　泰　（溫柔的）玉兒，耐著點性子。（對笛師）先生既知南春晏的才能，如何不肯琢磨砥礪，成就一塊美玉呢。
玉　兒　我的氣口、尺寸、行腔，還有賴先生教導，盼先生屈尊俯就、勿要推辭。
笛　師　（笑）依姑娘今日的成就，縱是小瑕亦難掩大瑜，竟還留心精進，這……倒是出乎我的意料。
李　泰　她便是如此，戲臺上的事看得比誰都認真。
笛　師　既然姑娘有心，我又如何不成全呢。
玉　兒　先生願意教我？先生請坐、請坐呀。
笛　師　（唱）與你、把歌兒曲兒細細說，
玉　兒　（唱）與我、把字兒句兒慢慢磨。
　　　　　　　往常是、自斟自酌自摸索，
笛　師　（唱）和闐美玉、猶需費雕琢。
　　　　　　　此處該是惜氣力、莫求情韻都唱徹，
　　　　　　　曲至擷落、莫忘板眼合。

玉　兒　（唱）霧裡觀花、終是隔一層，
　　　　　　　謝先生、撥雲見月、為我解疑又辯惑。
笛　師　（唱）她性兒直、心兒熱，
　　　　　　　拍按紅牙、為何一曲不溫也不火？
　　　　　　　人道是、嬌滴滴華容婀娜，
　　　　　　　誰曾見、她巧匠苦心直把天工奪？
　　　　　　　心竅玲瓏、兩眼兒秋波，
玉　兒　（唱）笛聲裂空、十指兒婆娑。
笛師、玉兒　（合）兩下流連同切磋，
笛師、玉兒　（合）笛聲熨貼歌聲行、是天叫作合、天叫作合。
李　泰　（唱）博山爐、沉水香、笛音嫋嫋，
　　　　　　　他二人、相談不覺、月上枝頭梢。
　　　　　　　回身取來孤燈照，
　　　　　　　昏茫迷蒙看分曉
　　　　　　　好一幅、君子窈窕，
　　　　　　　恰是我、揮毫親手描。
　　　　　　　人猶是、往日喜含笑，
　　　　　　　卻是含笑對誰、直把眉眼挑。
　　　　　　　眉眼挑、心兒招，
　　　　　　　他那裡、神魂俱顛倒。
　　　　　　　分明美景映良宵，
　　　　　　　撲面浪濤、亂我心潮。

（笛師挽著玉兒，欲下。李泰開口叫住玉兒，玉兒示意笛師先下）

李　泰　玉兒。（玉兒回頭，李泰口吻卑微）我還能幫你什麼？

京劇劇本《日頭初起》　　201

玉　兒　（口氣不同於過往的真誠，笑，敷衍的）李哥待我最好
　　　　　了。（轉身走了一兩步，回頭）往後，別再喊我玉兒。
　　（玉兒、李泰下）

　　（場景：棲霞山莊客廳）
　　（南春晏、李泰上）
南春晏　仲逸呢。
李　泰　出去了。
南春晏　去哪兒？（李泰搖搖頭）讓你打聽的事如何了？
李　泰　（緩慢的）打聽他的事，做什麼呢。你讓他做的，他不
　　　　都做了麼。
南春晏　（一愣）你休管。那是我的事。（頓）你不肯替我查出
　　　　他到外頭做什麼事、見什麼人，我讓別人查去。
　　（南春晏走離李泰旁邊，好像到視窗去張望似的。江仲逸上。）
南春晏　回來啦。（溫柔的）都到什麼地方去啦？
江仲逸　（來到桌前準備改稿）隨興逛逛。
南春晏　見了些什麼人哪？
江仲逸　（抬起頭來，思考）一個賣燒餅的，一個賣豆漿的，還
　　　　有一個賣饅頭的。（繼續寫）
　　（南春晏見江仲逸埋首，突然抽起他的筆桿）
南春晏　寫寫寫，你成日就知道寫。
江仲逸　讓我來棲霞山莊，不就是為這事麼。
南春晏　你該不是巴望著早日寫完、早日離開吧。
江仲逸　本想改了這兩個套曲，再對夫人言講──（被打斷）
南春晏　你要講些什麼、就快些講啊。

江仲逸　該是我離開棲霞山莊了。

南春晏　（錯愕）怕不是我聽錯了吧。好端端的，是不是我做錯了什麼，惹得你不開心？

江仲逸　你有什麼錯。

南春晏　既是如此又為何要走？

江仲逸　各有各的住處，怎能久日寄人籬下。

南春晏　還缺些什麼？我與你買來。

江仲逸　（不爽）我為妳改本，不是賣斷於妳，我回我的居處，妳的本依舊與妳改好。

南春晏　貂皮襖子，是貂皮襖子。你不信我會買給你吧。我現下就買。李哥——

江仲逸　（怒）住口。（南春晏嚇到）我講的清楚分明。

南春晏　（無辜的）我明白啊，我都明白啊。（頓）你想要的不是貂皮襖子麼？

江仲逸　（抓狂，把身上的衣服啦、冠、鞋啦，全脫下來）妳的東西我不要，一件都不要（隨手拿起一把剪刀開始剪）璞玉冠、印金長衫，妳當我希罕麼？妳當我真希罕麼？

南春晏　（尖叫）啊！！

李　泰　（奪過江仲逸的剪刀，再把他推開）住手！

江仲逸　（喘息，冷靜）我明日便走。一月兩回，我會來至棲霞山莊，將修改好的文稿與夫人過目。夫人以為如何。

南春晏　（唱）飛不起、風軟遊絲重，
　　　　　　　萬籟俱寂、獨有我鼻息沉沉。
　　　　　　　幾度開言欲問他，
　　　　　　　話如雪花、落地已無聲。

京劇劇本《日頭初起》　203

　　　　　　　他色遷容變怒氣盛,
　　　　　　　愛憎轉瞬不留情。
　　　　　　　可是我、待他不認真?
　　　　　　　可是我、待他不實誠?
　　　　　　　輕吟小調夜撫琴,
　　　　　　　只為他、愛我歌韻知心又知音。
　　　　　　　饑寒飽暖我照應,
　　　　　　　我教他、華服錦帶日日品甘珍。
　　　　　　　欲問他、可是我——(江仲逸突然說話了)
江仲逸　(白)(冷)夫人同意了。江某告退。
　　(李泰來到南春晏身旁)
南春晏　(非常輕聲的,不凶)你走。(李泰下)
　　(南春晏從江仲逸脫下的衣服當中,一件件的拿起來看,最後找到剪刀)
　　(南春晏決定以自盡的方式要脅江仲逸)
南春晏　(唱)——可是他、另結知心人?
　　　　　　　雙死鴛鴦不許分。
　　(李泰上,看見倒在地上的南春晏,將他抱住)
李　泰　(陰冷)玉兒,我會日日夜夜的守在你的身旁。
　　(燈暗,兩人下)
　　(隨即,舞臺的一角亮起來,江仲逸坐著,在微弱的燭光下,拿著筆,十分煩躁)
　　(李泰又上)
李　泰　(冷,譴責)人沒死成,便有心思改本了麼。
江仲逸　(擱筆,沉默片刻)你與她是何干係。

李　　泰　（冷笑）知道了又如何。

江仲逸　緣何她睡夢之中，喚的俱是你的名字？

　　　　（此處暗示南春晏與江仲逸曾同床共枕）

李　　泰　（一絲陰寒的得意）你也知曉了麼。

江仲逸　你是她的夫婿麼？

李　　泰　（頓）她的後夫是個伶人，一身的技藝無人不驚歎佩服，只因倒了嗓退下戲臺，將所有的心力用於成就夫人；她的前夫是個笛師，是她精磨夫人的氣口、尺寸、行腔，將她這樣的大材雕琢成器。（頓）我，不是她的夫婿。（頓，更陰冷）你所知之事，他的夫婿們終也知曉了。

江仲逸　（不寒而慄又透著悲傷）⋯⋯你又為何與她糾纏至此⋯⋯

李　　泰　（不正面回答）該是先生探望夫人的時候了。

　　　　（江仲逸猶豫的身形，充分流露他不想去，但一條人命他又不得不去）

　　　　（江仲逸下，李泰下）

　　　　（場景：棲霞山莊主臥）

　　　　（江仲逸上。形容憔悴的南春晏已在場上）

　　　　（南春晏看見江仲逸，轉過頭去，表示不想看見他）

江仲逸　把自個兒弄成這樣，何必呢。

南春晏　天就要亮了，你不是要走了麼⋯⋯既是要走，又何須管我的死活。

江仲逸　我有什麼好，哪裡值得妳如此。

南春晏　（哽咽）你剪了那些衣裳，與剪了我有何不同。我不過

　　　　　　是幫你一回。
江仲逸　　如何相提並論？
南春晏　　俱是你不要的。（暗示江仲逸若要走，她仍會尋短）
江仲逸　　……我有什麼好，李泰待你才是好啊。
南春晏　　待你好的就是好麼？（頓）我待你不好麼？
江仲逸　　《和闐玉碎》呢？妳最看重的不是它麼？
　　　　（南春晏沉默片刻，而後搖搖頭，表示比不上江仲逸）
江仲逸　　（開始感到巨大壓力，南春晏在逼他做選擇）我欠你的、
　　　　　難道就還不清了麼。
南春晏　　（緩慢的）要說還，又該如何算？（暗示江仲逸還不起）
　　　　（江仲逸終於明白，自己還不清了，非得留在棲霞山莊了。
江仲逸　　（唱）風颯颯兮木蕭蕭，
　　　　　　　　極目惟見牆垣高。
　　　　　　　　我本是、落拓窮年志氣豪，
　　　　　　　　不信人間負天驕。
　　　　　　　　夏去秋來無多時，
　　　　　　　　少年子弟心已老。
　　　　　　　　還不清、華服錦帶美冠帽，
　　　　　　　　這一身、黃金的枷鎖如何逃？
　　　　　　　　算不盡、軟香懷玉風流宵，
　　　　　　　　這一筆、無情的情債怎勾消？
　　　　　　　　眼前忽現、丹楓瀝血、阻斷歸路迢，
　　　　　　　　原來天光裂雲霄──
　　　　（白）日頭初起了。

（唱）棲霞山莊走一遭，
　　只餘下、楓紅漫天血色滔滔。

第五幕

　　（場景：棲霞山莊客廳）
　　（南春晏對鏡，看著鏡中的臉色蒼白、不滿意。掩倒鏡子，
　　不高興）
南春晏　哼。
婢女甲　夫人病後（自殺後）身子虛弱，氣色難免差些，休養個
　　　　幾日，依舊是華容婀娜。
南春晏　那一日，那個來至棲霞山莊的容妝，讓李哥將人帶來。
婢女甲　是。
　　（婢女甲下）
　　（李泰、婢女甲領琴書上）
琴　書　（伺機左右張望江仲逸）夫人。夫人今日欲做何種妝容？
南春晏　上回妳與我畫的……
琴　書　是目下最流行的──（被打斷）
南春晏　太花俏了，素雅些。
琴　書　是。
南春晏　（輕描淡寫）貞德秀與妳多少銀子，我加倍與妳。
琴　書　夫人說笑了。
南春晏　怎麼？莫不是妳以為南春晏比不得他人麼？
琴　書　夫人乃是梨園中第一傳奇，誰比得了呢。
南春晏　（笑）是麼？

（容妝過程中，江仲逸上。江仲逸與琴書四目相接）

南春晏　（一點兒嬌嗔）誰讓你進來了，在容妝呢。

琴　書　容妝已成，夫人請看。

南春晏　……（拉住江仲逸）仲逸，你瞧見了麼？

江仲逸　（輕輕撥開南春晏的手，低聲的）瞧見了。

南春晏　（又拉住江仲逸，到鏡子前）你來看，如今你與我是更相適的了。

江仲逸　（低聲）什麼相適不相適。

（江仲逸試圖再次撥開南春晏的手，南春晏抓緊了）

南春晏　（趕琴書走）李哥，送客。

（李泰、琴書下。江仲逸掙脫南春晏，下）

（南春晏在琴書走後，臨鏡描容，想化出琴書替她化妝的效果）

南春晏　（唱）自古美人如名將，
　　　　　　　不許人間見白頭。
　　　　　　　那一日、她巧手隨意妝容就，
　　　　　　　荏苒韶光再重頭。
　　　　　　　鏡中容顏暌違久，
　　　　　　　曾是我、黛綠年華花落隨水流。
　　　　　　　我若是、青春還如舊，
　　　　　　　仲逸他、必是朝夕長相守。
　　　　　　　南春晏、向來是才高八斗，
　　　　　　　抹粉擦脂何足憂？
　　　　　　　但取妝粉敷面容——

京劇劇本《日頭初起》

　　　　　　（咦？）不見當日花月羞。
　　　　　　應是粉薄難遮掩，
　　　　　　再將妝粉施從頭。
　　　　　　面色慘白妝粉厚，
　　　（白）我就不信，那丫頭能的，我不能麼？貞德秀的人，
　　　　　呼之則來揮之則去，她、她莫不是與仲逸有什麼
　　　　　糾葛？
　　　（唱）嬌容一怒盡摧朽。
（粉塗太厚又裂開，精神開始邁向崩潰）
（精神緊繃的南春晏拿著胭脂、眉筆等等化妝工具，不住的
　往臉上塗抹）
（年老的南春晏上，以下簡稱「老玉兒」，如鬼魅般出現在
　鏡旁）
南春晏　（唱）欲畫黛眉描朱唇，
　　　　　　眉墨唇脂反成仇。（老玉兒湊到南春晏眼前）
　　　　　　鏡中人兒、為何這般醜？
　　　　　　顫競競、嚇得我、魄喪魂也休。
　　　（白）啊！！（尖叫，跌跌撞撞逃離鏡前）
（李泰急上，南春晏抱住李泰）
李　泰　何事驚慌？夫人？何事驚慌？
南春晏　（指著站在鏡子後面露出詭異笑容的老玉兒）人、人、
　　　　那兒有個人。
李　泰　無有啊？
南春晏　桌案之後立著個雞皮鶴髮的老婦——你快去、將她趕了
　　　　出去。（推）去啊。

210　當時月有淚：趙雪君劇本集

（老玉兒先下）

（李泰無奈，只得走到桌子，作勢趕人）

李　　泰　　走、走，快走呀！

南春晏　　（餘悸猶存的接近）走了麼？

李　　泰　　走了、走了。

南春晏　　（回到桌前，看著桌上的化妝品）去，去把那個丫頭尋來。（頓）就說我病了，別讓仲逸上我這兒來。

（李泰下。老玉兒又上，默默站在南春晏身後。這次南春晏沒有發現她。南春晏下，老玉兒妖異的隨下）

（李泰帶琴書上，李泰下，琴書微微的左右張望。南春晏上）

南春晏　　仲逸可曾對你講過《和闐玉碎》的故事。

琴　　書　　琴書不知。

南春晏　　說的是負心人合該落得的下場，新婦慘死，幼子殤亡。哈哈。挺有意思的，不是麼？

琴　　書　　夫人要做與上回相同的妝容麼。

南春晏　　妳與我描一雙似顰非顰的不展眉，勾兩隻似笑非笑的絕情目，再一抹腥紅唇上，半縷秋殺額首。

（琴書替南春晏再次化妝，妝成琴書站在南春晏身後，準備替她梳頭）

琴　　書　　敢問夫人欲梳何種髻式？

南春晏　　（以怨恨至極的眼神看著鏡中的琴書）丫頭，妳這雙手好的教人直想剁了它。（琴書驚嚇，落了梳子）我這是在誇妳啊，怎麼？受寵若驚麼？

琴　　書　　夫人說笑了。

南春晏　　與我取了那件戲服。

京劇劇本《日頭初起》　211

（琴書拿下那件掛在客廳的戲服，並且替南春晏穿上）

南春晏　（進入《和闐玉碎》情節）負心的人兒啊，你道我這一身華服何來？當初我拋卻所有，為你殺父弒兄，隨你天涯浪跡，不要國、不要家、不要我的名姓，只要你一個的受盡風霜雨打。便是如此，依舊是一滴一點攢下了這許許多多的繡線綢布，織就一件嫁裳，為的是與你花燭盟誓，正了這妻室的名分，誰想如今⋯⋯（歎氣）情緣已盡，如君所言，又何須苦苦強求？惟有一事，盼君應允。（停頓，彷彿對方問南春晏什麼事）收下這本該是我為君披上的嫁裳，你我今生至此，也該記著當初的情份，就讓這嫁裳與君共度良宵，縱使伊人非我⋯⋯

（南春晏脫下戲服）

南春晏　（對琴書）拿著啊。發傻啊。（琴書接過戲服，準備要掛回去）欸欸，做什麼？該妳了啊。

琴　書　該我什麼？

南春晏　該妳上戲啦。

琴　書　我不會。

南春晏　什麼不會，想妳在勾欄也待了數個年頭，縱然沒嗓子沒身段，比劃比劃總曉得的吧。來、穿上。（琴書愣）穿哪。

琴　書　夫人莫要為難，琴書當真不會。

南春晏　（動手）讓妳穿妳就穿。

琴　書　（緊張）夫人莫要為難⋯⋯（南春晏扯住琴書，琴書高叫）江先生——（看見南春晏惡毒的眼神）江、江先生在麼？

南春晏 （停手，陰冷的）妳……找仲逸則甚？（琴書恐懼的搖頭）妳與他是何干係？
琴　書 （抖）夫人容妝已畢，琴書告辭。
南春晏 （擋住）該妳了。穿上。
琴　書 我……
南春晏 妳是大宛的公主，穿上。
　　　（琴書在強大的壓力下，穿上了）
南春晏 （旁白的口吻）大宛公主自解生手中接過了彌地亞與她的嫁裳，心頭一陣酸楚並著幾許歡愉。酸楚的是那可憐的異邦女子往後該要如何自處？又難免歡愉，從今而後，解生全然的向著她了，拋撇過去的一切，向著她了。諸多念想在心中流轉消長，大宛公主不曾料到的是，嫁裳之內層層塗抹了和闐古國密傳毒藥，她還不及訝異，已然香消玉殞，嬌滴滴的身子展眼便成一團惡臭沖天的腐屍——（頓，瞪著琴書）妳該死了。
琴　書 妳說些什麼，我不明白。（要走，又被擋住）
南春晏 妳該死了。
　　　（南春晏與琴書拉扯起來，南春晏拿起鏡臺往琴書頭上砸下去。琴書倒地）
南春晏 （喘氣）排了這一場戲，便用卻我許多氣力。（琴書掙扎著要爬起來，南春晏繼續拿鏡臺敲擊琴書）妳死了、妳死了，怎不能安安分分的排戲麼？
　　　（李泰急上，從南春晏手中救過琴書）
李　泰 住手！玉兒你做什麼？
琴　書 大爺、救我！

京劇劇本《日頭初起》　213

南春晏　（不耐煩）她該死又不死，你沒瞧見大宛公主身上穿著彌地亞的嫁裳麼。李哥，你來的正好，該你了，你上大宛國主，可別像她拖拖拉拉的，著實費了我一番功夫，才教她倒下。

　　（李泰把琴書扶住）

南春晏　是了、是了，便是如此，還是你與我的心意相通。大宛國主痛心的抱起女兒不成人形的屍首，屍首上的毒藥亦沾染了他的身上——李哥，你該倒下了。

　　（李泰回頭看了一眼南春晏，下）

　　（江仲逸上，他剛剛彷彿聽見琴書的聲音）

南春晏　仲逸。（江仲逸四處張望）仲逸，我病了，李哥不是這麼對你說了麼。

江仲逸　這些個胭脂水粉……琴書姑娘呢？

南春晏　我病了，怎麼，你就這麼不聞不問麼？

江仲逸　琴書呢？我分明聽見她的叫聲。

南春晏　胭脂水粉就只她一人用得麼？仲逸，我病了——

江仲逸　她來過了麼？

南春晏　我——

江仲逸　（凶）她來過了麼？

南春晏　（委屈）你凶我、你為了一個不相干的人凶我……

江仲逸　（知道得按照南春晏的規矩）妳好些了麼，要不要請大夫。

南春晏　（微笑）人是來過，不過又走了。李哥領著他出去的。

　　（江仲逸轉身要走）

南春晏　仲逸，上哪兒去啊？
江仲逸　你糟蹋我便罷，她無有虧欠妳什麼，又何必三番兩次糟
　　　　蹋她。讓開。
南春晏　不許走。
　　（江仲逸推開南春晏，南春晏見江仲逸要走了，自己又攔不
　　住，拿出一把剪刀，追過去，捅了江仲逸一下）
　　（江仲逸回身，驚訝）
江仲逸　妳……！
南春晏　（意識到自己殺人，驚慌，剪刀落地）都是你不好、都
　　　　是你逼我的──本兒……這本兒得改。筆、筆呢？（翻
　　　　出劇本草稿以及筆墨）是哪裡呢？這兒、就是這兒──
　　　　（進入旁白口吻）彌地亞念及舊情，欲要留他一個轉圜
　　　　的餘地，解生卻是個忘恩負義的，竟要殺了……要殺
　　　　了……（南春晏口吻）唷，戲演到這兒，除了彌地亞與
　　　　解生，可沒人活著了（旁白）竟要殺了這曾是不可一世，
　　　　而今一無所有的異邦女子，（南春晏口吻）這兒該唱一
　　　　段才是──仲逸，這首曲子你寫吧……就寫彌地亞終究
　　　　親手殺了解生，了結這段孽緣，以慰父兄在天之靈……
　　　　哈哈哈，改的好、改的好啊。
　　（江仲逸步履蹣，而後倒地不起）

　　（李泰上，見江仲逸斷氣）
李　泰　玉兒、不好了、不好了……江先生他！
南春晏　（提醒的語氣）不是說過了，別再喚我玉兒了麼。（幻
　　　　想）你聽，聽外頭人聲鼎沸的，今兒個想必又是滿座吧。

京劇劇本《日頭初起》　215

　　　　李哥,我不曾辜負你領我進戲班哪。(坐回梳粧檯前整妝)別急,等會兒好戲便要上演囉。
(南春晏整妝完畢,恍若登臺。)
南春晏　(唱)大宛飛黃沙、天際湧雲浪,
　　　　　　和闐飄零人、悶厭厭、斜倚小樓窗。

(劇終)

京劇劇本《卜玉京》

國藝會補助寫作,未演出

第一場

(時間：明末)
(場景：卞玉京的夢境→煖翠樓上)
(開場時，卞玉京已在場上暗處，倚桌而眠，又夢回往日)
(母親陪著小玉京習琴，小玉京突然停了下來)

卞　母　兒啊，為何不彈了？
小玉京　女兒手疼。
卞　母　（握住小玉京的手指吹吹）還疼麼。
小玉京　不疼了。
卞　母　懶丫頭。
　　　　（卞玉京的父親倉皇失措上）
卞　父　夫人，抄、抄家了。
卞　母　（驚）你待怎講？
卞　父　門首已是重兵包圍，方抄了陳府過來的。
小玉京　母親，什麼是抄家呀。
　　　　（此表演區燈暗，卞玉京處燈漸亮）

(卞玉京握住自己的手，往手指上吹了口熱氣)
卞玉京　（唱）熱氣一口舊夢長，
　　　　　　　　指尖重溫娘心腸。
　　　　（侍女柔柔上）

柔　柔　娘子，梳妝更衣了。（見卞玉京恍神）娘子？
卞玉京　柔柔來了。
柔　柔　時候不早，待會兒那些名士清客便要來煖翠樓吃酒聽琴了。

（柔柔替卞玉京簪上髮簪）

卞玉京　且慢，釵環換過一副，胭脂水粉取來前日新作好的，繡裙要杏黃色，噫、還是鵝黃色的好。
柔　柔　娘子今日怎麼了？橫挑鼻子豎挑眼的。
卞玉京　妳可知今日座中來客有誰？
柔　柔　余懷、丁繼之、沈公憲、張燕筑，還有一個吳梅村。是何人令娘子如此不可愛？
卞玉京　那「一個」吳梅村可是當世才子。
柔　柔　在煖翠樓裡才子還不如賣油郎希罕呢。（觀卞玉京之神色，回想）咦？吳梅村……莫不是前些年咱們還在家的時候，與娘子曾有一面之緣的那位公子？
卞玉京　那一回家裡辦堂會，他是爹爹特意請來的貴客。
　　　　（唱）我也曾、玉葉金枝人嬌養，
　　　　　　　花好月圓無限長。
　　　　　　　一朝忽來濤天浪，
　　　　　　　始知浮沉是尋常。
　　　　　　　當年座下樂撫掌，
　　　　　　　而今是、人前操琴賦愁腸。
　　　　　　　月影清歌總一樣，
　　　　　　　流入秦淮已是傷。
　　　　　　　往日種種如何忘，

京劇劇本《卞玉京》　219

　　　　　來日託身何茫茫。
　　　　　長有一人在心上，
　　　　　暗思量、他可是、我今生歸鄉？
柔　柔　觀娘子神色，似是對吳梅村早就留心了。
卞玉京　我亦不瞞妳。當時年歲雖小，卻甚為仰慕他的詩才風采，堂會之上爹爹牽著我與他相見，不知他可記得當年曾與我有一面之緣。料想是記不得了，縱然記得，我如今……
柔　柔　如今娘子風華絕代，已非當年的黃毛丫頭。
卞玉京　（遠望）已不復當年，流落秦淮了。

第二場

（場景：煖翠樓外→煖翠樓下）
（吳梅村與余懷等人上）

余　懷　（唱）行過了、夫子廟、來至貢院，
　　　　　　　便風送絲竹、隱隱笙歌歡。
丁繼之　（唱）轉過了、長板橋、香閣連綿，
　　　　　　　銅環半啟、鎖玉勒雕鞍。
沈公憲　（唱）有才子、聲名天下遠，
　　　　　　　錦心繡口、文章耀斑斕。
張燕筑　（唱）有佳人、緇塵未能染，
　　　　　　　淹通詩書、素心勝幽蘭。
余　懷　秦淮八豔之中，幾個殊麗佳人皆已許了終身，柳如是、錢謙益──
丁繼之　顧橫波、龔鼎孳。
沈公憲　還有前日方成其好事的李香君、侯方域，這都是秦淮河畔一段又一段的佳話。
張燕筑　煖翠樓卞玉京猶未許人，未知何人能得其青睞？
吳梅村　（唱）鬱鬱憂思團成片，
　　　　　　　一息一嘆鎖眉間。
　　　　　　　姹紫嫣紅縱開遍，
　　　　　　　愁人猶問奈何天。

　　　　　　宦途未能如人願，
　　　　　　有負皇恩心難安。
　　　　　　遣愁懷、風月場中步流連，
　　　　　　且向風月看等閒。
　　　（白）（淡淡的）聽聞卞娘子色藝無雙，興許未肯輕易留情。
余　懷　來此已是煖翠樓，待我喚出柔柔。
　　（柔柔上）
柔　柔　余先生不忙，柔柔聽見了。諸位請隨我來，用些茶酒點心，娘子隨後便到。（柔柔領眾人入座，打量）吳先生，初次來訪，煖翠樓蓬蓽生輝。
丁繼之　怎麼，只有梅村令煖翠樓蓬蓽生輝啊。
柔　柔　先生就愛抓人話柄。
　　（卞玉京上，直接入座彈琴）
卞玉京　（唱）低眉信手抹朱弦，
　　　　　　暗將思念暫邅延。
　　　　　　滿目情愫怕人見，
　　　　　　一腔幽憤難成言。
　　　　　　且偷眼、他清癯俊雅、似從前，
　　　　　　只多了、幾許滄桑在鬢邊。
　　　　　　稚年逢家變，
　　　　　　長恨明月、照入溝渠間。
　　　　　　縱然秦淮稱八艷，
　　　　　　也未必、覓得良緣有人憐。
吳梅村　（唱）莫道朱弦不能言，

　　　　萬語千言付纖纖。

　　　　曲中初聞意纏綿，

　　　　流轉嗚咽、又似含怒對蒼天。

　（一曲終了，卞玉京好似無心之舉的來到吳梅村身旁落座）

卞玉京　先生初至煖翠樓，玉京敬您一杯。
吳梅村　卞娘子琴藝卓絕，聞者如痴如醉。
卞玉京　您可得留心，煖翠樓的酒亦是醉人的。
吳梅村　煖翠樓醉人的，又豈止是酒呢。
卞玉京　先生過譽了，玉京再敬您一杯。
吳梅村　卞娘子琴聲之中，似有諸多心事……（見卞玉京不語）是我唐突了。
卞玉京　人生在世，誰沒有些心事。
吳梅村　卞娘子所言甚是。
卞玉京　玉京有一件物事，今日正好請先生過目。柔柔。
柔　柔　是。

　（柔柔取出一把摺扇交與吳梅村。吳梅村打開觀瞧）

卞玉京　可是先生的手筆？
吳梅村　娘子從何而得？
卞玉京　偶然得見，玉京不忍見其淪於當舖蒙塵，故而買下。敢問先生，此扇緣何輾轉典於當舖？
吳梅村　（觀扇回想）依稀記得數年之前，曾隨友人同赴南京一士紳家中所辦堂會，席間主人好客多禮，感其盛情，便將隨身所帶摺扇聊贈於他，以為紀念。（感嘆）爾後也曾聽聞，他受人連累，獲罪抄家，想必這摺扇便是為此輾轉典於當舖。唉，物猶如此，人何以堪，其妻子兒女

　　　　　　　只怕更為艱難。
　　　　　（唱）人世遭際憑誰言。
　　　　　　　寵辱貴賤轉瞬間。
　　　　　　　松柏猶懼狂風卷，
　　　　　　　弱柳嬌花實可憐。
卞玉京　（唱）話雖未深語亦簡，
　　　　　　　直入心田暖意添。
　　　　　　　數年風刀併霜劍，
　　　　　　　何曾有、一枝半葉護紅顏。
　　　　　　　不求今生、富貴兩雙全，
　　　　　　　唯願此身得所安。
　　　　　（白）這柄摺扇，如今也該物歸原主。
　（將摺扇遞與吳梅村）
　（吳梅村握住卞玉京的手與摺扇）
吳梅村　娘子留著吧，也是我與娘子有緣。梅村再敬娘子一杯。
卞玉京　（舉杯飲酒）
　　　　　（唱）他那裡、只道是有緣，
　　　　　　　哪知我、為此扇、求索更數年。
　　　　　　　酒入喉、心已亂、驟起情瀾，
　　　　　　　可是有情天、憐我孤寒？
　　　　　　　從今後、得所傍、再不隨風轉，
　　　　　　　準折得、幼年時、坎坷艱難。
吳梅村　（唱）霞飛雙頰、她眉山漸沈醉，
　　　　　　　明眸深凝、不由我、忘懷手中杯。
　（手中酒杯不慎掉落。卞玉京一聲輕笑）

　　　　（白）失態了。
　　　　（唱）她一笑便有百滋味，
　　　　　　　三春一見也羞歸。
　　　　　　　若得暖玉翻紅被，
　　　　　　　更比鴛鴦眷羅幃。
卞玉京　先生……
吳梅村　卞娘子……玉京……
卞玉京　先生……（欲言又止，想）先生乃是當世才子，玉京忝為秦淮八艷，這貢院與舊院、也見得錢柳之事。（頓）亦有意乎？
吳梅村　亦有意乎……？
　　　　（唱）她言中之意怎理會？
　　　　　　　可是願效鴛鴦比翼飛？
　　　　（白）這鴛鴦麼──
　　　　（唱）也有不問明朝、相逢在露水，
　　　　　　　也有死生難分、白首兩相隨。
　　　　　　　她情根都在眼兒內，
　　　　　　　我非痴非傻、非是個、不動心的枯骨塚裡堆。
　　　　　　　卻不解、今朝不過初相會，
　　　　　　　款款情深何所為。
　　　　　　　即便不論初相會，
　　　　　　　此情我亦難相回。
　　　　　　　高堂二老、豈肯煙花污門楣！
　　　　　　　非富非貴、如何抱得美人歸？
　　　　　　　這一雙明眸、我怎支對？

京劇劇本《卞玉京》　　225

也只得、裝痴裝傻、任它都成灰。

（白）未知娘子所言何事？

（聽聞此言，卞玉京震驚而失落，她起身緩緩離席，步向舞台前側）

卞玉京　（長嘆一聲）未知娘子所言何事⋯⋯

第三場

（場景：煖翠樓上）
（柳如是、柔柔上）

柔　柔　錢夫人，您來了。

柳如是　（有些疑惑）玉京呢？往常這個時候，她不是作畫便是撫琴，如何今日一片寂然？

柔　柔　夫人不知，我家娘子病了。

柳如是　原來是病了，大夫看過了麼？

柔　柔　說是風寒，不礙事的。只不過……自那日梅村先生來過之後，我家娘子便似個不知飢寒不知飽的泥人兒木偶，鎮日的發愣。不瞞夫人，梅村先生乃是她多年的心事。

柳如是　多年的心事……

　　　　（唱）我只道、梅村為她暗動情，
　　　　　　　長吁短嘆意難平。
　　　　　　　為此特向煖翠行，
　　　　　　　方知她那裡、也是倒枕害病心不寧。
　　　　　　　玉露金風一相逢，
　　　　　　　本當是、一段佳話天下稱。
　　　　　　　是何誤會在其中？
　　　　　　　細問端詳探情衷。

（卞玉京上。柔柔下）

京劇劇本《卞玉京》

卞玉京　（唱）心事都成空，
　　　　　　　數載相思、渾如一夢中。
　　　　　　　夢破猶是秦淮月，
　　　　　　　但向何人寄餘生？
　　　　　（白）如是，妳來了。
柳如是　（見卞玉京失魂落魄的樣子）呀，還道是妳無情，未料得此刻妳與他竟是同一般心思。
卞玉京　說的什麼唷，妳不明就裡還來取笑我。
柳如是　方才柔柔都對我說了。依我看，他對妳倒是有心。
卞玉京　喔？
柳如是　這些日我家老爺邀他吟詩遊賞，我見他的神氣也未強得過妳。問了旁人，都說是那一日煖翠樓歸去，便是如此了。我還道是妳怠慢於他——唉，本不該插手此事，是老爺不忍見他如此，藉妳我姊妹情誼，要我私下探問。
卞玉京　這事與我無干。柔柔既對妳說了，妳便知曉我豈肯怠慢於他。
柳如是　妳雖是自幼傾慕於他，可未必明白他家中景況。再要一個如錢謙益待柳如是的，那也得無所顧忌。
卞玉京　我豈不知他家底比不得錢公？我又豈是貪慕富貴之人？大廈忽傾，不可憑恃者首一個便是富貴。若得兩心能相守，雨橫風狂何足懼。只可惜卞玉京何等心性，他吳梅村未必知曉。
柔　柔　娘子，有客。
卞玉京　回了吧。
柔　柔　娘子，是他。

卞玉京　是他？

柳如是　來得倒好。柔柔，請梅村先生稍待片刻。

柔　柔　是。

　　（柔柔下）

柳如是　我與妳梳妝打扮。

　　（卞玉京、柳如是下）

第四場

　　　　（場景：煖翠樓下。吳梅村上）
吳梅村　（唱）言語倉促未周全，
　　　　　　　料她愁腸百結、人無眠。
　　　　　　　我亦是、當日情景苦糾纏，
　　　　　　　三分的歉意、來至在煖翠樓前。
　　　　　　　更為她、一雙明眸、任流轉，
　　　　　　　抹不去、這心上共眉間。
　　　　　　　忽聞珊珊搖珮環，
　　　　　　　定是佳人、緩步下金蓮。
　　（柳如是上）
吳梅村　（唱）相見只在咫尺間，
　　　　　　　竟有些、手足無措心怦然。
　　　　（白）（見柳如是，脫口）怎麼！是嫂夫人。莫非卞娘
　　　　　　　子不肯相見？
　　（卞玉京隨柳如是上）
卞玉京　來者是客，梅村先生特意來訪，玉京焉有不見之理？
柳如是　（笑）有話可得好好說呀。
　　（柳如是下）
　　（卞玉京、吳梅村相視無語。卞玉京刻意沈默，不先開口）
吳梅村　娘子瘦了些。

卞玉京　先生亦有幾分憔悴。

吳梅村　當日之事，還請見諒。

卞玉京　當日何事？

吳梅村　（唱）好一陣清風、朗朗晴空現，

　　　　　　　兩語三言、盡拂了我心頭牽連。

　　　　　　　再看她、病容猶不減明艷，

　　　　　　　（疑惑）明艷之中、有陰晴乍變一瞬間。

卞玉京　（唱）數載相思從來慣，

　　　　　　　慣為他、朝暮魂夢都心懸。

　　　　　　　如今但教都拋撇，

　　　　　　　則除是、滄海過眼變桑田。

　　　　　　　雖不能一朝之間、不戀棧，

　　　　　　　雖不能一暮之間、不相關，

　　　　　　　我則索、一如舊院待貢院，

　　　　　　　就博個、名士雅妓天下傳。

吳梅村　我知娘子雅好繪蘭，昨日於書肆之中，購得一幅《山谿幽蘭圖》，雖非名家手筆，卻也有可觀之處，梅村願與娘子共賞。

卞玉京　多謝先生記掛。

（吳梅村展卷，二人共賞，燈暗）

第五場

　　（場景：西湖泛舟）
　　（錢謙益、柳如是上）
柳如是　（唱）泛舟西湖上，
　　　　　　　看不盡、滿眼風光。
　　　　　　　徒嘆綠柳長，
　　　　　　　挽不住、家國興亡。
　　　　　　　紛紛天下、離亂又逢喪，
　　　　　　　問朝堂何在？只在笙歌徹夜、弄荒唐。
　　　　　　　看家事國事、還看天下事，
　　　　　　　未肯輕看、女兒家心腸。
錢謙益　（唱）遙望湖山表，
　　　　　　　這一腔愁腸怎畫描？
　　　　　　　廟堂妖氛、誰人試手便清掃？
　　　　　　　哀哀生民無下梢。
柳如是　馬士英、阮大鋮把持朝政不思作為，有志之士卻無處作為。只怕國破家亡就在眼前。老爺，若朝國不存，將往何處寄身？
錢謙益　卿來看。（手指湖水）這西湖之水風光甚好，便添我赤心點染於它何妨。
柳如是　（含笑）君有此心，妾自當相隨。

錢謙益　（唱）幸有這、解釋霜風的玲瓏心竅，
　　　　　　　白髮紅顏做知交。
　　　　（白）今日暫舒心懷，不提國事。約了梅村、玉京娘子一同遊湖，未知二人近日如何？
柳如是　玉京一向盼求得個安穩此生的所在，但願梅村先生不負於她。
錢謙益　夫人你瞧，那可是梅村與玉京娘子？
（卞玉京、吳梅村上）
卞玉京　（唱）挽袖並肩、只當是情好，
　　　　　　　執手相望、人道是、鳳儔鸞交。
　　　　　　　堪笑我、知他難依靠，
　　　　　　　這心兒、又怎得、教它違拗？
　　　　　　　來年天長、應難料，
　　　　　　　不問地久、圖他個、歡快在今朝。
吳梅村　（唱）人道是、鳳儔鸞交，
　　　　　　　生受了、她夜夜朝朝。
　　　　　　　一般兒說、她一般兒笑，
　　　　　　　再不見、那一日、眼底泛情潮。
　　　　　　　只為當時、顧忌也多資囊少，
　　　　　　　她的心緒、我只得、尋常看待等閒消。
　　　　　　　等閒輕看、卻難料，
　　　　　　　難料我、不思不想、做不到。
　　　　　　　挽袖並肩、誰都道情好，
　　　　　　　終隔一層、天涯一層路迢迢。
　　　　　　　紅樓數月緊廝熬，

　　　　方知我、願求皓首、雙對梧桐老。
　　　　明知百折共千撓，
　　　　也與她、無所懼逃。

卞玉京　你瞧，錢相公與如是已然來到。咱們快些過去，哨公——（被打斷）

吳梅村　且慢。（頓）玉京。妳知我家中雙親尚在，家底亦比不得牧老，待妳，難似牧老待如是一般——（被打斷）

卞玉京　如今這般，無有不足之處。

吳梅村　（語塞）妳當真如此作想？

卞玉京　（笑）梅村不必介懷，我自幼便仰慕你的詩才風流，能與你這般談詩論藝，也算了我一樁心願。（頓）你肯以錢柳較之於你我，已是不枉你我的情份。（笑）梅村大可寬心。

吳梅村　（錯愕）妳道寬心？這話如何說起？

卞玉京　世道如何看待我這等女子，我亦知曉。我肯與人粗茶淡飯，人卻未必肯信；我欲與人真心相交，人或疑我用情不一。何如放寬了心，若有機緣，得個知重我卞玉京之人便好；若終是浮沉，又何必強求？

吳梅村　妳當真如此作想……？這教我該如何說起？

卞玉京　船近了。

　　（兩船相近）

柳如是　玉京，妳來了。

卞玉京　二位久等了。

吳梅村　牧老、嫂夫人。

　　（吳梅村先跳上錢謙益、柳如是之船，再轉身牽過卞玉京）

吳梅村　當心了。

　　（卞玉京上船後,與柳如是一處說話。吳梅村與錢謙益一處飲酒）

柳如是　你二人望之如神仙美眷,可是好事已近?

卞玉京　（一點無奈）許是見了你家的蘭橈畫舸,又生了什麼念想,他方才還對我提及錢公與你,又是那些言詞,家底比不得錢公,待我難以周全。只恨我早早地留情於他,如今已成舊慣,一時之間竟難拋撇;數月往來,猶未能讓他明白我之心性,（嘆氣）倒更教我依戀於他了。

柳如是　我見他待你卻不似無情。

卞玉京　有情也好、無情也罷,他終不是我歸處。

柳如是　如此,便合該做個了斷才是。

卞玉京　道著容易。妳也不是不知。

柳如是　就是知曉不容易,才要妳早早了斷,免受牽掛之苦。

卞玉京　（嘆氣）中原陷落,天下洶洶,今日泛舟西湖,來日興許要披髮跣足、奔波途路,到那時即便只求個不分,怕都是不可得了。

錢謙益　梅村,你與玉京娘子有何打算?

吳梅村　我本有意與她共度白首,未料玉京似有不願之處。

錢謙益　興許是你怠慢了美人,何不效法我以匹嫡之禮迎娶如是?

吳梅村　牧老取笑了,我的境況比不得您,至多不過是讓高堂二老與拙荊肯接納玉京,匹嫡之禮……（搖搖頭苦笑）

卞玉京　清軍既有南下之意,我也須早做打算。（離開柳如是,

京劇劇本《卞玉京》　235

　　　　 來到台口,望著遠方)
吳梅村　（離開錢謙益,望著卞玉京）她是坎坷之人,偏又不得
　　　　 個周全。
卞玉京　家亡國破、顛沛流離,究竟在何處方能尋個安穩?

第六場

（緊接著上一場，一群百姓衝上，在紛亂之中，卞吳錢柳四人下）

眾　　人　（唱）戎馬紛紛煙塵昏，

　　　　　　　　澤國江山共沈淪。

　　　　　　　　揚州城破十日盡，

　　　　　　　　烽煙不日到金陵。

（眾人口中驚呼「清兵攻入南京了」、「快走、快走呀」）

（錢謙益、柳如是上，在四周人群的竄動中，柳如是獨立台中央，冷靜安寧，準備投湖自盡）

柳如是　家國淪喪，無力回天，縱有千百個不願，再難作為了，惟有以身殉之，以全家國之思。（牽起錢謙益的手）黃泉路上，我依然與你為伴。

錢謙益　夫人且慢。

柳如是　老爺還有何眷戀牽掛？

錢謙益　還請夫人三思。

柳如是　喔喔，我明白了。（放開錢謙益的手）不要緊的，此行非關艱難，不過縱身一躍，我一人猶有力為之。（準備投水）

錢謙益　（拉住柳如是）夫人既知此行非關艱難，何不更行一條艱難之途？

柳如是　更行一條艱難之途？

錢謙益　國破家亡生民猶在，卿死都不懼，有何事不敢為？我便不信，人人皆順他金戈鐵馬。妳看元蒙入主中原不及百年，與其捨身殉國，未若留得有用之身，星星之火可以燎原，來日之勢，今日猶未可知。

柳如是　老爺所言，不為無理。

錢謙益　願你我二人在這艱難之途上，長得相伴。

（錢謙益、柳如是下）

（吳梅村上）

吳梅村　自那日西湖別過，我便返家探母。玉京對我似有誤解，本欲來日尋個時機與她說個明白，誰想如今——唉。她曾道，若有朝一日戰亂四起，必先往郊外雨花觀避難，再做計較。想她孤身一人，不過柔柔相伴，教我如何放心得下？我欲往南京郊外雨花觀去，又難對母親言講、緣何要在此烽煙之刻偏往南京而去。（沈默片刻）若知興許相見無期，當日便不該……（搖頭嘆息）

（吳梅村下）

（卞玉京、柔柔道姑裝扮上）

卞玉京　（唱）恍惚顛倒不敢望，

　　　　　　　　不敢望、這遍地哀嚎、受災殃。

　　　　　　　　雖則是、早做計較早思量，

　　　　　　　　猶不免、觸目起徬徨。

柔　柔　（唱）隨娘子、改換容裝，

　　　　　　　　鉛華洗、挽堆雲髮髻、著黃裳。

　　　　　　　　塵灰抹臉掩行藏，

　　　　　只盼劫渡人無傷。
　　（一群清兵扯出徐達後人中山王女與她的侍女）
清　兵　走！
柔　柔　（驚訝）娘子，是中山王女！
　　（中山王女鬢髮衣衫皆亂，她不肯走，死命地坐在地上，清兵伸手拉扯，侍女試圖攔阻）
侍　女　放手！放手！快些放開郡主呀！
清　兵　（推開侍女）囉唆！亡國之人還稱什麼郡主。起來！起來呀！好哇，敬酒不吃吃罰酒。（抽出鞭子、對著中山王女揮鞭）我叫妳坐，有本事就給老子牢牢地坐著。
　　（中山王女慘嚎，侍女欲以身護王女，被清兵拉開，非逼得王女自己爬起來。而後清兵挾二人而下）
卞玉京　（唱）鐵鞭一落血肉綻，
　　　　　玉葉金枝任凋殘。
　　　　　身是凌煙功臣後，
　　　　　擎天柱斷也枉然。
　　　　　鐵鞭再落更嗟嘆，
　　　　　嘆我一生常離亂。
　　　　　幼年家亡親流散，
　　　　　又逢國破民倒懸。
　　　　　中山王女猶枉然，
　　　　　秦淮歌伎何以堪？
　　（白）人生在世，何恃何怙何去何從？
柔　柔　娘子，快些走吧。
卞玉京　（走了兩步，回望）今日離了南京，與他再要相見不知

何時了。未知他那裡是否安好？未知他是否掛念於我？
柔　柔　娘子莫要遷延，梅村先生若要尋妳，定會往雨花觀而去，先至雨花觀避亂要緊。

第七場

　　（時間是南明滅亡五、六年後）
　　（場景：錢謙益家宅）
　　（錢謙益和余懷等人已在場上，微光）
　　（吳梅村上）

吳梅村　（唱）休道他、秦淮金粉容易消，
　　　　　　　就是這、黃沙滾滾不終朝。
　　　　　　　改朝換代、江山依舊貌，
　　　　　　　故國之思、總在迴身時、不肯相饒。
　　　　　　　觥籌交錯、悲來猶強笑，
　　　　　　　急管繁弦、誰知我、清歌一曲代長嘯？
　　　　　　　更有一人、影影綽綽、時而迴心繞，
　　　　　　　我不敢想、又能向何處逃？
　　　　　　　任他國破、任他情冷、任我煎熬，
　　　　　　　秦淮舊時月、猶在今宵。

錢謙益　（久別重逢，細細的看）梅村。
吳梅村　牧老……五、六年不見了。哪知當日西湖一別，再見之時已是輿圖換藁。
錢謙益　是啊。蒼天何忍，教我老來偏離喪亂。
吳梅村　您是老當益壯，牧老與嫂夫人所行的艱難之途，梅村深感敬佩。

錢謙益　也不過圖個心安，吾老矣，來日如何怕是見不著了。梅村，王師北定中原日，你可得記著啊。

余　懷　牧老說什麼，今日難得與梅村重逢，該多飲幾杯才是。

眾　人　是啊、是啊

（柳如是上）

柳如是　梅村先生，別來無恙？

吳梅村　是嫂夫人。

柳如是　是我。（頓）梅村先生想起了什麼人麼？

吳梅村　嫂夫人取笑了。天翻地覆，不知伊人何在。這些年我也曾往秦淮而去，卻不見她蹤影。

柳如是　梅村先生欲尋玉京？

吳梅村　嫂夫人明知故問。

柳如是　尋她所為何來？

吳梅村　西湖一別，有些話未及出口，多年來甚為懊悔。嫂夫人可是有玉京下落？

柳如是　（嘆氣）梅村先生可知她如今景況？

吳梅村　（猶疑）玉京嫁人了？

柳如是　若是玉京已為他人婦，梅村先生可還有話欲對她言說？

吳梅村　（默）就是無話可說，也盼能再見一面。

柳如是　玉京猶未許人。居處便在此處不遠，只不過……唉，讓她自個兒對您說吧。（喚僕人）來人，就說梅村先生在此，請卞娘子來一趟。

（吳梅村、柳如是表演區燈略暗）

（卞玉京、柔柔乘車上）

柔　柔　（唱）對法帖、娘子提筆慢臨摹，

風清水靜人無波。

伊人名姓耳邊過，

筆落紙箋盡染墨。

一路無言有沈默，

車行轆轆、我知她、如許年來、猶未能擺脫。

我願娘子得所託，

再不聞、她悵然嘆情多。

（白）（掀開車簾）錢公家到了，娘子，梅村先生就在裡頭了。

卞玉京　柔柔，與我請了錢夫人過來，我有話對她說。

柔　柔　娘子，有什麼話何不進去再談？

卞玉京　與我請來便是。

柔　柔　是。

（柔柔下車，至柳如是所在處，與之低語，柳如是又與錢謙益、吳梅村說了些話，卞玉京乘車，經過眾人面前，下。柳如是與柔柔隨下）

（吳梅村、錢謙益眾人下）

第八場

（緊接著上一場）
（場景：錢謙益內宅）
（卞玉京、柳如是上）

柳如是　妳與他多年未見，我知你不曾一日忘卻於他，斷非不想見他。既不願見他，又為何來這一趟？

卞玉京　（唱）乍聽聞、故人在此處，
　　　　　　煞時間、心緒翻攪、一陣起伏。
　　　　　　只記得、亂世流年、都是思慕，
　　　　　　恍恍惚惚、乘車駕、來至在路途。
　　　　　　車行轆轆、柔柔耳畔低聲訴，
　　　　　　她願我、今生不再嘆沉浮。
　　　　　　一言驚醒夢中人，
　　　　　　反教雙眉難展舒。
　　　　　　當日已是風中露，
　　　　　　如今更是、花落委地蒙塵污。
　　　　　　若言從前多忌顧，
　　　　　　料定今日更躊躇。

柳如是　亂世兒女，都是身不由己。妳既不願再回秦淮，也只得如此受他人照料。妳與那人卻非婚配，若欲求去，也無甚不可。

卞玉京　妳道求去？（苦笑）那也得他肯接納於我呀。
柳如是　他聽聞妳便在不遠處之時，那般神色絕非無情。
卞玉京　他有情，卻未必能待我以有情。我所欲者，從來不是露水姻緣。
柳如是　妳又如何知曉，他不願與妳朝暮春秋？
卞玉京　優柔寡斷、最是他吳梅村。妳便瞧著，即使知曉我在錢公內宅之中、便在此扇門之後，他也絕不敢推門而入。
柳如是　何苦試他？
卞玉京　非是試他。只為我與他之間的關阻數倍於此門，若此門他都難以跨過，遑論來日。

（錢謙益上，輕扣門扉）

柳如是　莫不是他麼？
錢謙益　夫人。
柳如是　是老爺。
錢謙益　卞娘子可是身子不爽？梅村擔心著呢。
柳如是　玉京她……

（卞玉京搖搖頭）

柳如是　（低聲）鬧什麼彆扭呢，好容易能見上一面。這麼些年，見一面不容易的呀。
卞玉京　見了又如何？
柳如是　如此說來，請老爺讓他回去囉？（卞玉京不語）妳又不肯。（頓）玉京真非可愛人也。
錢謙益　夫人，梅村那裡如何交代？
柳如是　就請老爺既不要說玉京要見他，也別說玉京不要見他。梅村先生是榜眼，這是道無題之題，就看他怎生答應玉

京劇劇本《卞玉京》　245

　　　　　京的不見之見。
錢謙益　這……
　　（吳梅村上）
吳梅村　牧老，玉京無事麼？可需請個大夫？
錢謙益　梅村，你來了。
吳梅村　失禮了，實不該擅入牧老內宅，只不過──（被打斷）
錢謙益　來得正好。夫人，梅村來也，此時不撤、更待何時？
　　（柳如是開門，卞玉京背過身去，柳如是出來後隨即掩門）
柳如是　玉京無事，梅村先生莫要憂心。
　　（錢謙益、柳如是下）
吳梅村　（唱）燭光掩映、故人身影門扉後，
　　　　　　　香肩斜斲、都似寂寞鎖重樓。
　　　　　　　如此亂世怎承受？
　　　　　　　誰知她、消受了、多少憂愁。
　　　　　　　推門扉、盼門後、人依舊，
　　　　　　　對紅淚、細細說、別後情由。
　　　　（白）（欲開門，又突然止住）唉呀，且慢，玉京這般姿態──
　　　　（唱）莫不是、她情已冷、人非舊，
　　　　　　　兩下裡、再不論相投。
　　　　　　　數年離亂、問天幾時、重聚首，
　　　　　　　人立小院、又怕她、往事已罷休。
　　（吳梅村退開一兩步，遲疑）
卞玉京　（唱）人立小院、披滿天星斗，
　　　　　　　那人此時正發愁。

　　　　　　鴛鴦白首、卻怎生、描不成畫不就？
　　　　　　我在門後、誰將我、心兒一縷一縷兒抽。
　　　　　　幾曾生得、這般性兒彆扭？
　　　　　　都是我、當斷不斷、牽扯不休。
　　　　　　更疑他、遇事難擔受，
　　　　　　幾番迴避了、風尖浪頭。
吳梅村　（唱）千言萬語、總是難開口，
　　　　　　又如何、斷弦再續、話從頭？
卞玉京　（唱）天恁長、地恁久，
　　　　　　這便是、我與他的天長地久。
　　　　　　無限寂靜難耐候，
　　　　　　又聞蟬鳴噪不休。
吳梅村　（唱）誰為我、暫教顧慮紛擾、且停留，
　　　　　　門扉輕扣、莫任相思盡東流。
（吳梅村欲叩門之時，卞玉京隔著門開口了）
卞玉京　我不願再回秦淮、聲色事人，迫於生計……（頓）那人……那人知我不肯入偏房，仍是照料於我。
吳梅村　（恍惚）喔喔，有個人……原來有個人了。這教我如何說起？（沈默片刻）那人待妳可好？
卞玉京　（苦澀）算得上周全。
吳梅村　當日別後，兵荒馬亂，我本欲往南京郊外雨花觀尋妳，卻礙於家中……只得做罷。（頓）且喜妳安然。如此，我便放心。
卞玉京　嗯。
吳梅村　（唱）三言兩語、道盡了、別後春秋，

京劇劇本《卞玉京》

　　　　　　　相守原來是奢求。
卞玉京　（唱）強忍哽咽淚雙流，
　　　　　　　我不敢、教他知曉、一生眷戀、思悠悠。
吳梅村　（白）夜深了，我也該回去了。玉京，妳保重。
卞玉京　嗯。
吳梅村　（聽出卞玉京哭著，哽咽）望那人能可周全妳一生，莫再教妳淚流。
　　（吳梅村緩慢轉身離去）
吳梅村　（唱）我多想、身後無所有，
　　　　　　　不要天不要地、就與她、星海泛孤舟。
　　（吳梅村、卞玉京下）

第九場

（時間：距離上一場數月之後）
（場景：吳梅村家宅）
（吳梅村、余懷已在場上）

余　懷　如此說來，梅村與卞娘子那日終未得見？
吳梅村　未曾料得竟是如此。
余　懷　卞娘子也是苦命人，如此亂世，說不得什麼。她不願為人妾室，分明是留心於你，卻又為何不肯相見。
吳梅村　玉京始終有疑於我。
余　懷　這便是你的不是了，既知她有疑於你，為何不肯說個分明？
吳梅村　有些話、她知我亦知，當時情景，卻反教不好出口。我願與她風雨同對，只是她出身秦淮，家中實難容她……她若非志如金石，又何必受此折騰？（頓）更何況，如今又多了個人。
余　懷　那人如何，我看倒是不必太過顧慮。大凡女子都求個安穩，妾雖不如妻，好歹也是家裡人。卞娘子寧可沒名沒份的，似有所待啊。
吳梅村　你之揣度我也曾猜想。只不過，玉京從前肯直率待我，問我是否亦有此意，如今舊事再不重提，難免又想，興許她不存此心了。

京劇劇本《卞玉京》　249

（僕人上）

僕　人　老爺，有客來了。

吳梅村　何人來訪？

僕　人　是兩位沒見過的女客，留名卞玉京。

余　懷　竟是卞娘子來了。快請。（僕人下）梅村，這回你可得好好地與卞娘子敘敘舊了。

（余懷下）

（卞玉京與柔柔攜琴上，二人身著道服。柔柔替卞玉京將琴擺好，下。卞玉京若無旁人一般地入座，彈琴）

吳梅村　（唱）彷彿初相見，
　　　　　　　　她低眉信手抹朱弦。
　　　　　　　　若非黃裳雲髻挽，
　　　　　　　　錯把今宵認從前。

卞玉京　（唱）今宵悲風寒，
　　　　　　　　琴曲只將舊調彈。
　　　　　　　　料是前生有虧欠，
　　　　　　　　半世為他苦糾纏。
　　　　　　　　料是前生有虧欠，
　　　　　　　　一世裡、判下了、人如飄蓬轉。
　　　　　　　　琴身淚痕千萬點，
　　　　　　　　盼心事、隨琴音、泠泠指下傳。

吳梅村　（唱）琴聲催促、直教流光、再回轉，
　　　　　　　　那人兒、我也曾、望眼欲穿。
　　　　　　　　如今對坐在樽前，
　　　　　　　　可是她、願與我、笑看鴛鴦、水雲間？

　　　　　（白）當日初見，玉京所奏便是此曲。
卞玉京　你記得此曲。
吳梅村　實難忘卻。
卞玉京　玉京亦與君同。
吳梅村　（意味深長的點點頭）西湖一別，因家中傳來母親病倒之消息，便匆忙離開南京。本想待母親病癒，再回南京尋妳，哪裡知道，一別便是如許之久。妳可是依照原先安排前往雨花觀了？
卞玉京　我與柔柔早備下一身道服，聽聞亂起，便著裝更衣出逃南京。途路之上，觸目驚心，竟見已選定入宮的中山王徐達之後，曾是金枝玉葉，如今不過一介尋常弱女子，遭官兵鞭打驅行、押送北方。（嘆氣）自從幼年飽受離亂，總想尋個安穩。以為再如何坎坷，終能寄身個什麼人，保我一世裡周全。哪曉得又遭逢天地奇災。眼見得中山王女都難以自保……唉，亂後數載，資囊用盡，後來之事，便不多說了。我亦是隨那人來至海虞。
吳梅村　亂後數載，不聞妳音信，欲探訪妳的蹤跡，又不知如何尋起。（略做遲疑，而後開口）玉京，妳為何不肯尋我？我在何處，妳當知曉。
卞玉京　（沈默片刻）非到山窮水盡，實不願教你為難。你家中景況，我亦有所聞。若非有磐石蒲葦之志，又何必弄得個雞犬不寧，連累於你呢？
吳梅村　妳可曾想過，我與妳究竟是親是疏、是何干係？
卞玉京　（苦澀）是親是疏、是何干係，豈由得我？
吳梅村　（唱）她話中之意難捉摸，

京劇劇本《卞玉京》

　　　　　　似怪我、情事任蹉跎。
　　　　　　雖是樽前相對坐，
　　　　　　猶如牛女隔銀河。
　　　　　　從來下筆不停輟，
　　　　　　偏生此刻便語拙。
　　　　　　明擺著個那人、我又能怎麼做？
　　　　　　怕更是、橫刀奪愛紛爭多。
　　　　（白）此刻又由得我麼？
卞玉京　（唱）他言中之意是推託，
　　　　　　不願家中興風波。
　　　　　　秦淮出身已是錯，
　　　　　　何須徒勞費唇舌。
　　　　　　來日安身在何處、他不曾問過，
　　　　　　堪笑我、猶在盼想個甚麼。
　　　　　　恍惚有言起耳側，
　　　　　　此岸難將孤舟泊。
　　　　　　霎時明瞭在此刻，
　　　　　　眼前之人、幾曾能是、身所託？
　　　　（白）由不得你，亦由不得我。（長嘆一聲）
吳梅村　（唱）她一聲長嘆、我心忐忑，
　　　　　　好一似、幾重心事、未能說。
卞玉京　叨擾甚久，也該告辭了。（起身準備離去）
吳梅村　玉京……妳為何來此？
卞玉京　不過敘舊罷了。
吳梅村　來日還有相見之日麼？

卞玉京　（複雜）你終是問了我的來日。（頓）若有一日，由得你、亦由得我……（苦笑）那時見或不見，又有何分別呢。
　　　（燈略暗，吳梅村坐著，若有所失）
　　　（僕人上）
僕　人　老爺，有位女客要見您。
吳梅村　快請。
　　　（柳如是上）
吳梅村　（失望）嫂夫人。
柳如是　梅村先生似有心事。
吳梅村　也不瞞嫂夫人，前幾日玉京來過。
柳如是　喔喔，我明白了。原來玉京來過。
吳梅村　嫂夫人何意？
柳如是　先生可知她為何寧可無名無分，也不願為人妾室？
吳梅村　承蒙玉京錯愛。
柳如是　先生既明白箇中緣由，又為何……（頓）莫非是無意？
吳梅村　始終未能忘懷之人，如何說是無意？
柳如是　既是有意……卻為何……那日，玉京與先生說了些甚麼？
吳梅村　都說了些別後如何。
柳如是　那人之事，她可曾提及？
吳梅村　略提一二。她與那人我如何過問？臨行之時，只問她來日能否再見，她卻說，我終是問了她的來日。嫂夫人，此言何意？
柳如是　想必是那日歸家後，玉京回覆了侯爺。
吳梅村　（愣）什麼侯爺？回覆什麼？
柳如是　數日之前傳來消息，照料玉京的孫老爺在外地得了急

京劇劇本《卞玉京》　253

　　　　　　病，匆匆棄世。孫老爺家裡人知道了，隨即讓人告訴玉京，只給了數日，要她收拾行篋，離開孫老爺安置玉京的宅子……觀先生神色，想必玉京不曾吐露此事。

吳梅村　她只說，非到山窮水盡，不願叫我為難……玉京此刻身在何處？

柳如是　一直以來，侯爺對玉京關懷有加，玉京資囊用盡無處安身之際，侯爺欲納她為妾，玉京不願，這才隨了孫老爺。如今受此窘迫，侯爺得知，舊事重提——

　　（以下唱段中，時空場景在唱段中過渡）

柳如是　（唱）未肯因由俱說盡，
　　　　　　　想必是、秦淮出身常掛心。
　　　　　　　實不願、來日為此引爭論，
　　　　　　　怕的是、句句人言化淚痕。

吳梅村　（感傷）她終是有疑於我，寧為他人姬妾，也不願信我能承擔她的來日。

　　（柳如是暗下）

吳梅村　（唱）嘆息聲中有情真，
　　　　　　　情真奈何輾作塵。

　　（舞台另側有數人前來接卞玉京與柔柔。卞玉京身著白底衣衫，象徵性的穿上大紅披肩、腰帶等服飾）

吳梅村　（唱）遙望紅梅綻放處，
　　　　　　　猶似泣血胭脂痕。

卞玉京　（唱）一生為客嘆情真。
　　　　　　　情真原來最磨人。
　　　　　　　本當是我平生恨，

　　　　　此時隱約一念生。
　（舞台上迎親眾人和柔柔暗下，只剩卞玉京、吳梅村二人遙遙相對）
卞玉京　（唱）興許是、自起高樓自囚困，
　　　　　　　認定了、天涯唯他、堪做知心人。
　　　　　　　半生愁苦為安身，
　　　　　　　又疑他、不堪為我阻囂塵。
　　　　　　　回首來路、有疑也有問，
　　　　　　　緣何我、作繭自縛亦縛人？
　（二人由舞台二側分下）

第十場

（場景：侯爺家卞玉京房外、房中／報國寺）
（背景傳來穩定的木魚聲。柔柔左上，侯爺家僕右上）

家　僕　柔柔姑娘，找著妳呢。
柔　柔　福哥找我。
家　僕　侯爺說，晚上探望卞夫人，讓妳準備準備。
柔　柔　知道了。（輕嘆一口氣）
家　僕　怎麼？柔柔姑娘嘆了口氣？
柔　柔　無有啊。
家　僕　（笑）莫不是怪咱們家裡有什麼怠慢了卞夫人之處？
柔　柔　說哪裡的話。侯爺待卞夫人如何，但凡長著眼的，誰不知道？
家　僕　是啦。莫說侯爺常惦記著卞夫人，就是柔柔姑娘，侯爺也說難得。

（木魚聲停）

柔　柔　福哥真愛說笑。
家　僕　（低聲）給柔柔姑娘提個醒，卞夫人待在佛堂的時日近來長了些，侯爺心裡有些不是滋味哪。
柔　柔　明白了。侯爺的恩德我們主僕銘記在心，不敢或忘。
家　僕　卞夫人是聰明人，我就不多說了。
柔　柔　您慢走。

（家僕下）

（柔柔又嘆了口氣，入房）

（卞玉京上，神情較之先前的悲苦，開始有鬆緩的感覺。她手捧一書，吟詩上）

卞玉京 （吟）心安身自安，身安室自寬。
　　　　　　心與身俱安，何事能相干。
　　　　　　誰謂一身小，其安若泰山。
　　　　　　誰謂一室小，寬如天地間。
　　　　（白）是呀，是呀。

柔　柔　誰謂一室小，寬如天地間？

卞玉京　是邵康節的〈心安吟〉。

柔　柔　近來夫人不是讀佛經，便是禪詩、道詩的，這……（有那麼點不希望卞玉京讓侯爺失望的成分在）

卞玉京　柔柔，可是怎的？

柔　柔　福哥說了，侯爺今晚過來。

卞玉京　喔喔。（嘆了口氣）半生漂泊，我亦知侯爺待我們是極好的，不過略有感慨，好容易得了些清淨，又不得清淨。

柔　柔　侯爺雖比不得梅村先生文采風流，卻是個能體貼人的。

卞玉京　妳倒是對他青眼有加。（柔柔低頭，沉默不語，卞玉京有些驚訝）我竟不知妳的心思，是啊，也該是為妳打算了。

柔　柔　夫人跟著侯爺，我跟著夫人，柔柔別無所求。

卞玉京　這樣的日子，我怕不是長久。

柔　柔　（愣）夫人何意？

卞玉京　那日去至報國寺燒香，妳可記得咱們遇上了鄭大夫？

京劇劇本《卞玉京》　257

柔　柔　柔柔記得。還是鄭大夫先認出咱們的,從前在秦淮河畔鄭大夫對夫人的琴藝很是讚賞。

卞玉京　不知為何,歸家之後,鄭大夫託人送來兩匣子佛經。我本是閒暇隨興翻閱,誰知越讀越覺受用無窮。

　　　　（唱）紙墨字句、本與我、兩不關戚,
　　　　　　　哪曉得、竟似重逢、在今世。
　　　　　　　尋常道理誰不識?
　　　　　　　個中滋味卻難知。
　　　　　　　我曾是、為情所動為情使,
　　　　　　　自做情種自做癡。
　　　　　　　長夜將盡破曉日,
　　　　　　　往事漸有清明時。
　　　　　　　雖猶是、不能無惑無所執,
　　　　　　　想他日、終能自信不自失。

柔　柔　（唱）細究眉眼觀容止,
　　　　　　　更勝往日好風姿。
　　　　　　　數載憂愁盡融釋,
　　　　　　　晚來春風誰道遲?

　　　　（白）較之以往,夫人的神色舒緩多了。

卞玉京　是麼?（微笑）近日亦覺思想起往事,不再鎮日耽溺、難以自持,便是從前家裡的事,想起來的也是爹娘疼愛的日子多些。

柔　柔　自幼隨著夫人,總是不捨夫人為諸多人事所苦。如今見夫人過了這坎、又得個好歸宿……（觀卞玉京神色）夫人可是悔了?

卞玉京　（搖頭）若非幾番周折，憑我的死心眼、拗性兒，怕猶是深陷其中。只不過……

柔　柔　未能以真心相應，對侯爺難免過意不去麼？

卞玉京　唉，但凡我有些許情思留戀之意，定是不負於他。

柔　柔　夫人莫不是動了出家的念想？

卞玉京　也未必就是如此。這些個男女情愛之事，累我半生，實已無心。

（燈略暗，在昏暗中，侯爺、家僕上）

（卞玉京與柔柔接待侯爺，家僕下，二人對坐交談狀，柔柔站立一旁）

（隨即卞玉京離開，來至舞台左側的報國寺場景。柔柔、侯爺留在原地）

（卞玉京禮佛，老者鄭大夫上，靜候卞玉京回身）

卞玉京　（回身看見鄭大夫）「生則決定生，去則實不去」何意也？

鄭大夫　淨土在此不在彼，不出吾人一念之外。

卞玉京　雖不出一念之外，為人姬妾亦有身不由己之時。（嘆氣）玉京明白了，謝過鄭大夫。

鄭大夫　卞夫人既有心向道，何不求去？

卞玉京　往何處而去？

鄭大夫　近東門處老朽有閒置屋舍一間，若夫人不嫌棄，衣食用度皆不勞夫人煩心。即便老朽百年身後亦然。

卞玉京　（哽咽）大夫義高恩深，玉京不解卻是為何？

鄭大夫　老朽與卞夫人相識於前朝，彼時見夫人隱然有怨憤之氣，以夫人根器，實為怨憤所誤，卻不好貿然相告。世

京劇劇本《卞玉京》　259

易時移，十數年後與夫人重見於報國寺，見夫人怨憤已淡，倒有幾許茫然。故不揣冒昧，經書相贈。年來見夫人向道之心益堅，老朽甚感欣喜，樂見夫人終不負自身根器性命，故願成全。

卞玉京　大夫之情，玉京深謝，願能了悟性命，不枉大夫與玉京的一番機緣。

（左側報國寺場景燈暗，卞玉京向右側走去，右側燈亮）

卞玉京　這麼些年來，謝侯爺愛護玉京，玉京的心願，更盼侯爺成全。

侯　爺　夫人之意，是要求去？

卞玉京　玉京有負侯爺深恩。

侯　爺　也罷，妳之心思我也不是不知，只未曾料想，竟有此心志，我又如何強留於妳呢？

卞玉京　另有一事，亦求侯爺恩允。

侯　爺　說吧。

卞玉京　柔柔是玉京唯一的親人，還請侯爺照顧柔柔。

侯　爺　柔柔（看著她）不隨妳同去麼？

卞玉京　她若無心於我所欲行之路，又何必誤她時日？何況，柔柔向來仰慕侯爺，玉京求您收留。

柔　柔　（哽咽）夫人。

侯　爺　我明白了，去吧。

卞玉京　謝侯爺。

柔　柔　夫人保重。

卞玉京　我如今尋得我的安穩，也願妳一生安穩。

（燈暗）

第十一場

（場景：卞玉京居所）
（吳梅村上）

吳梅村　（唱）百轉千回難料想，
　　　　　　　世事真個無常。
　　　　　　　玉京她、別過了、華廈高堂，
　　　　　　　又逢著、鄭大夫、菩薩心腸。

（鄭大夫上）

吳梅村　表兄，一向可好？
鄭大夫　梅村老弟怎麼得了空來探望老朽？
吳梅村　您信上說玉京在這兒，此話當真？
鄭大夫　原來是為了玉京而來，若非她，難道咱們親戚便幾年不走動麼？
吳梅村　您說哪兒話呢。
鄭大夫　呵呵，梅村老弟急著見玉京一面，可是為了敘舊？
吳梅村　非徒為敘舊而來。唉。錢謙益夫人柳如是與玉京乃是至交，玉京去後，是她言道，原來玉京始終想尋個安身之所，留情於我。三番兩次錯失良緣，都為我不曾篤定許諾、不曾問過她的來日。本道今生無緣，誰想她竟是進奉柔柔於侯爺求去。
　　　　（唱）從今後、她的往日都承當，

　　　　　　來日一肩扛。
　　　　　　月夜花朝同受享,
　　　　　　把這千丈相思、情債償。
鄭大夫　　玉京的心思只怕……也罷,她便在內中,你與她一談
　　　　　便知。
　　（吳梅村、鄭大夫左右分下）
　　（卞玉京著道服上）
卞玉京　（吟）無聲無臭獨知時,
　　　　　　此是乾坤萬有基。
　　　　　　拋卻自家無盡藏,
　　　　　　沿門持缽效貧兒。
　　　　（白）先賢所言甚是。想我從前,為在濁世之中尋一個
　　　　　安身之所,用力至極。哪曉得安身之處在內不在
　　　　　外,自家便有無盡寶藏,又為何要向他處求去?
　　（卞玉京笑,吳梅村上）
吳梅村　（唱）她一笑自在、天地忘,
　　　　　　風動滿室生馨香。
　　　　　　幾曾見、這般氣象?
　　　　　　動靜語默意韻長。
　　　　（白）玉京。
卞玉京　（唱）回身但見渡情郎,
　　　　　　重逢在、人間天上。
　　　　　　料想是、鄭大夫、一紙書信寄遠方,
　　　　　　故人為我、趕徒程、受奔忙。
　　　　（白）（坦然而自在）梅村先生,久見了。

吳梅村　（唱）情長話更長，
　　　　　　　再不把知心話兒藏。
　　　　　　　開言欲問、別來可無恙？
　　　　　　　忽見當時舊黃裳。
　　　　（白）玉京為何這身打扮？
卞玉京　衣飾妝容皆是外物，不過圖個方便。自當日海虞一別，先生可好？
吳梅村　提起海虞當日……是我糊塗。妳既明言，非到山窮水盡，不願教我為難，我竟聽不出妳話中之意。都怪我，白白地教妳受苦了。
　　　　（唱）可記得、西湖泛舟波蕩漾？
　　　　　　　我曾想、攜手破風浪。
　　　　　　　可記得、庭院深深倚繡窗？
　　　　　　　我曾想、紅燭雙雙對華堂。
　　　　　　　鬼使神差甚荒唐，
　　　　　　　思量唯有淚千行。
卞玉京　（唱）說什麼、鬼使神差甚荒唐，
　　　　　　　多是我、妄自猜想做主張。
　　　　　　（淡淡的感慨、而非悲痛）
　　　　　　　好一場、花月良緣、親手葬，
　　　　　　　說荒唐、更是我荒唐。
　　　　（白）梅村先生不必如此，玉京所受煎熬，實是自取，說不得什麼、更怪不得他人。
吳梅村　唉，我實不願再與妳只話當年了。我知表兄接應於妳乃是菩薩心腸，妳可願與我……（突然停下來）

京劇劇本《卞玉京》　　263

（唱）伊人猶是舊模樣，
　　　眉眼間、再不見、銷金帳裡、鬧鴛鴦。
　　　牛女七夕猶成雙，
　　　我與她、莫不是、雲雨散盡、鵲橋空淒涼？
（白）玉京，妳過得好麼？

卞玉京　未曾如此安穩。
吳梅村　喔喔，我明白了、明白了。知妳今生有靠，我便放心。
卞玉京　多謝先生掛念。
（唱）千般坎坷回首望，
　　　也不過尋常。
　　　得相伴、是我年少宿願償，
　　　須分別、方知別後天寬廣。
（白）先生保重。來日若能再相逢，容玉京為先生演奏一曲。
吳梅村　道人珍重，梅村就此別過。

　（燈暗）

第十二場

　　（場景：卞玉京墓前）
　　（墓碑上寫「玉京道人之墓」，世姪鄭玄德立）
　　（柔柔上，約五十多歲，祭拜卞玉京）
　　（吳梅村換上了花白的髯口，上）

吳梅村　是柔柔麼？
柔　柔　梅村先生。好多年不曾相見。
吳梅村　是啊。好多年了。玉京她走了多久？
柔　柔　有幾年了。
吳梅村　她曾言道，若再相逢要為我撫琴一曲，我知這是不要我再去打擾之意。
柔　柔　（微笑、搖頭）先生多心了，道人早已將往事看淡，既已看淡，又何來打擾？先生於她乃是多年至交，以琴曲酬知己，是道人一片真心。
吳梅村　原來是我錯解了。（頓）怎麼這一生總是錯解她的心思？
　　（從舞台左右兩側，走出兩個卞玉京，一個青春而風流，一個年約五十安寧而喜樂）
柔　柔　道人對梅村先生甚是感激，她說，雖則是少年坎坷，卻總有貴人相助。從前家破人亡，若非持著對先生的愛慕之心，盼望來日重逢，那些艱苦的日子實難承受。若非三番兩次與先生錯身而過，她又怎能從自困自囚中轉念

而生,此後方遇著鄭大夫。先生可知,鄭大夫纏綿病榻之際,道人發願為鄭大夫刺舌血抄寫《法華經》?歷三年而後經成,都只為感念鄭大夫,非親非故、卻願引道人往性命安頓的路上行去。

卞玉京　（年輕）亦有意乎？

（柔柔暗下）

卞玉京　（中年）「在於閑處,修攝其心。安住不動,如須彌山。觀一切法,皆無所有。猶如虛空,無有堅固。不生不出,不動不退,常住一相,是名近處。」

卞玉京　（年輕）亦有意乎？

（吳梅村看著年輕的卞玉京）

吳梅村　（唱）安得長繩挽流光,
　　　　　　定不教、情天荒涼。

卞玉京（中年）　（唱）安得長繩挽流光,
　　　　　　定不教、自困情網。

吳梅村　（唱）不負佳人淚瀟湘,
　　　　　　也允她、千百個、地久天長。

卞玉京（中年）　（唱）不負性命無盡藏,
　　　　　　致虛極、守靜篤、地久天長。

（劇終）

國家圖書館出版品預行編目

當時月有淚：趙雪君劇本集 / 趙雪君著. -- 臺北市：致出版, 2025.07
　面；　公分
ISBN 978-626-7666-09-8(平裝)

863.54　　　　　　　　　　114005731

當時月有淚：
趙雪君劇本集

作　　者／趙雪君
出版策劃／致出版
製作銷售／秀威資訊科技股份有限公司
　　　　　114 台北市內湖區瑞光路76巷69號2樓
　　　　　電話：+886-2-2796-3638
　　　　　傳真：+886-2-2796-1377
網路訂購／秀威書店：https://store.showwe.tw
　　　　　博客來網路書店：https://www.books.com.tw
　　　　　三民網路書店：https://www.m.sanmin.com.tw
　　　　　讀冊生活：https://www.taaze.tw

出版日期／2025年7月　　定價／450元

致 出 版　　　　　　向出版者致敬

版權所有・翻印必究　All Rights Reserved
Printed in Taiwan